ESQUADRÃO ALIEN

RezendeEvil
Louise Sheran

ESQUADRÃO ALIEN

FARO
EDITORIAL

Diretor editorial **PEDRO ALMEIDA**

Coordenação editorial **CARLA SACRATO**

Preparação **MONIQUE D'ORAZIO E ALESSANDRA JUSTO**

Revisão **BARBARA PARENTE**

Capa e diagramação **OSMANE GARCIA FILHO**

Imagens de capa **FERNANDO MENA**

Imagens internas **CAMILKUO, KALIFER, T STUDIO, TOSHAUNA, DIGITAL STORM, LUKE WAIT, WARM_TAIL, SDECORET, SERGEYBITOS, LESLIE MILLLER, 06PHOTO | SHUTTERSTOCK**

Dados Internacionais de Catalogação na Publicação (CIP)
Jéssica de Oliveira Molinari CRB-8/9852

RezendeEvil
    Esquadrão Alien / RezendeEvil e Louise Sheran. — São Paulo : Faro Editorial, 2022.
192 p.

    ISBN 978-65-5957-199-4

    1. Literatura infantojuvenil 2. Ficção científica I. Título II. Sheran, Louise

22-2723   CDD-028.5

Índice para catálogo sistemático:
1. Literatura infantojuvenil

FARO EDITORIAL

1ª edição brasileira: 2022
Direitos de edição em língua portuguesa, para o Brasil, adquiridos por FARO EDITORIAL

Avenida Andrômeda, 885 — Sala 310
Alphaville — Barueri — SP — Brasil
CEP: 06473-000
www.faroeditorial.com.br

Se você quiser descobrir os segredos do universo, pense em termos de energia, frequência e vibração.

NIKOLA TESLA

Em 08 de julho de 1947 ocorreu o famoso *Caso Roswell*, no estado do Novo México, nos Estados Unidos. O primeiro comunicado à imprensa feito pela Base Aérea local afirmou ter recuperado um "disco voador". Pouco depois o Exército se retratou afirmando que teria sido um balão meteorológico comum.

Em 04 de setembro de 2004, o empresário Robert Ridge foi caçar cervos no deserto e encontrou uma misteriosa pedra com enigmáticas inscrições. Medindo quatro centímetros de espessura e cinco centímetros de comprimento, a rocha continha desenhos geométricos que remetiam a luas e sóis.

O local em que ele encontrou a pedra é próximo de onde ocorreu o *Caso Roswell*.

O artefato ficou conhecido como *Pedra de Roswell*.

A pedra possui estranhas propriedades magnéticas e estudos sugerem que suas propriedades não são naturais. Alguns acreditam que se trata de uma chave para algum portal ou que suas inscrições indicam alguma data de um possível contato alienígena.

Até hoje o caso provoca curiosidade e diversas teorias.

1

AVA SENTOU-SE NA CAMA. LIMPOU O SUOR DA TESTA E SUSPIROU, ainda tentando recuperar o fôlego. Era acordada sempre com o mesmo pesadelo: sua mãe, sobre os lençóis encharcados de sangue, pedia que ela fugisse — uma versão totalmente diferente daquela que sua tia Lya lhe contava, na qual a mãe havia morrido em um acidente de carro quando Ava tinha cinco anos.

Mais calma, olhou para a janela. A luz entrava pela fresta da cortina como um *déjà-vu*: a luminosidade era igual àquela do raio que a envolvia no momento em que sempre acordava, mas, dessa vez, parecia real. Levantou-se e foi, devagar, até a varanda e abriu a porta com força, derrubando o vaso de violetas. Então se deparou com um objeto estranho, a fonte de toda aquela luz que quase a cegava.

Que era aquilo?

Olhou na direção do objeto, um tanto incrédula. Não se parecia apenas um tipo de nave espacial, mas um dos modelos clássicos, daqueles que sua tia Lya tanto mencionava em suas histórias e retratava em suas pinturas. Pensou que ainda pudesse estar sonhando. Ou algo pior, como não estar batendo bem da cabeça.

Ava, aos 17 anos, já acostumada com a rotina de seus sonhos malucos, continuou observando, porque, por mais que parecesse uma alucinação, lá continuava ele, como em um filme B: feito de metal brilhante e com alguns detalhes foscos, era ligeiramente côncavo na parte de cima e mais plano na parte de baixo, onde havia luzes amarelas nas extremidades, localizadas ao redor de uma meia esfera branca translúcida que ocupava o centro. Quando elas começaram a piscar, duas espirais de luz envolveram o corpo de Ava, que começou a formigar.

Suspensa naquela luz, Ava sentia suas moléculas vibrarem, como se seu corpo fosse virar matéria fluida, mas então se viu sentada sobre uma bancada de base hexagonal.

O frio do metal sob suas mãos fez com que voltasse um pouco à realidade e, zonza, levantou-se. Ao seu redor, uma penumbra silenciosa, uma ausência de sons que Ava não imaginava ser possível. Apesar das muitas telas acesas, provavelmente das mesas de controle, a mudez ensurdecedora ao seu redor só não impressionava mais do que o enorme vidro inteiriço à sua frente, pois Ava, ao entender que a nave estava em movimento, não teve dúvidas de que não estava mais em Los Angeles.

Diante daquela situação inusitada, Ava olhou ao redor, para tentar escapar daquela nave. Havia controles que ela não tinha noção de como funcionavam, e aquele vidro enorme, que mostrava que estava em movimento, o que aumentava sua urgência, então pensou em encontrar alguma ferramenta que pudesse quebrar a nave ou abrir uma saída. Se essa ideia era boa, não tinha como saber... O que não podia era deixar seu destino nas mãos de qualquer pessoa, ou seres...

— Tem certeza de que quer fugir, Ava?

A voz entrou por seus ouvidos interrompendo qualquer plano de fuga, então ela se virou, assustada ao ouvir seu nome.

Alien? Humano? Híbrido?

Com os anos de convivência com a tia, sabia essas nomenclaturas de cor, mas não estava preparada para ver algo tão... genérico, humano demais até: ele vestia um dólmã — jaquetão — cinza-claro de colarinho rígido e tinha sobrancelhas e cabelos loiros que, apesar de quase brancos, contrastavam com sua pele pálida e com seus olhos azuis claríssimos.

— Meu nome é Eydran. — Aproximou-se dela com passos silenciosos e segurando um aparelho em uma das mãos. — Não vou te machucar. Preciso avaliar seu estado. — Mediu a pressão e os batimentos cardíacos dela. — Ver se está tudo bem.

— Como é que você sabe meu nome? — Colocou as mãos na cintura, demonstrando irritação, com vontade de gritar; depois, continuou a falar de modo sarcástico: — Vocês têm um banco de dados para abduzir pessoas, é? Hoje é dia da letra A?

Eydran não levantou os olhos. Continuou sua análise, apertando botões e passando o aparelho pelo corpo de Ava.

— Vai, fala. — Ava, transtornada, não iria ficar parada sem respostas. — Já tem a cobaia de hoje. Vi muitos episódios de *Alienígenas do Passado* e de *Arquivo X* para entender o que me espera. Sonda? Escuta nos dentes? Implante subcutâneo? Vão me usar como rato, é?

Eydran continuou indiferente, ainda operando o aparelho e a tela que trouxera com ele.

— Aliás, se você está procurando alguém importante ou qualquer coisa do gênero, abduziu a Ava errada.

— Aí que você se engana. Sei tudo a seu respeito, seu histórico, os eventos que acontecem há tempos com você e parecem não fazer sentido.

Eydran se aproximou e passou as costas da mão pelo rosto dela, que se assustou, ainda afetada por aquele "sei tudo a seu respeito" que cheirava mais a *stalker* do que a alien.

— Por que sua mão está tão gelada?

— Ela não *está* fria, ela *é* fria. Da mesma forma que sua espécie evoluiu para ter sangue quente, a minha fez o oposto. Escolhas evolutivas. — Deixou o aparelho sobre uma mesa e, com a mão direita, indicou para Ava seguir em frente. — Me acompanhe, por favor?

Ava começou a se sentir segura e agora reparava mais na aparência do Eydran. Tentou segurar seus pensamentos... não sabia se ele era capaz de lê-los. O alien era gato? De uma forma bem rasteira, era, sim. Se aquele cara passasse uma cantada nela em qualquer lugar, provavelmente aceitaria conversar, pois ele não era de se jogar fora. No entanto, naquela situação, o que ela queria era voltar para casa, para seu mundo seguro.

Eydran apertou um botão na parede e uma porta se abriu. Lá dentro, Ava encontrou uma cama e nenhum outro sinal de que alguém vivia ou ocupava aquele quarto.

— Pronto. Era só o que faltava. — Sentou-se, vencida, pois sabia que não tinha muito que pudesse fazer. — Sou uma prisioneira? Vou ser fatiada? Fui escolhida para uma experiência genética com aliens? Que outra surpresa boa me aguarda?

— Nem comece. — Foi até o armário, abriu a porta e pegou uma seringa. Foi em direção a ela. — Minha espécie evoluiu. Nos tornamos seres lógicos, regrados. Raramente demonstramos emoções, então nenhuma das opções que você me apresentou são aceitáveis ou sequer concebíveis por qualquer ser igual a mim. — Injetou um soro em Ava e, ao vê-la começar a fechar os olhos, disse: — Quando você estiver pronta, nos encontraremos novamente.

* * *

Ao acordar, Ava sentou-se e respirou fundo. Estava feliz de ter acordado daquele pesadelo. Arrumou o cabelo castanho, que estava todo enrolado em seu pescoço, e se levantou. Estava acostumada com os pesadelos sobre a morte de sua mãe, mas aquele tinha sido totalmente louco. Pesadelo dentro de pesadelo e ambos tão reais.

Puxou a calça do pijama para ir até a cozinha. Antes de sair, foi até a sacada para deixar o quarto ventilando um pouco, mas, antes de tocar na maçaneta, viu que a porta estava entreaberta e o vaso de violetas, virado.

Com taquicardia, deixou-se cair no chão.

Tudo aquilo tinha sido real.

2

AVA DESCEU AS ESCADAS DEVAGAR, COM MEDO DE OS JOELHOS falharem. Ainda tentava entender como aquilo poderia estar acontecendo de verdade. E se fosse real, o absurdo daquela situação de se sentir atraída pelo alien que a tinha sequestrado... Ela tinha muitas perguntas.

Viu os cabelos loiros e cacheados de Lya, sua tia, irmã de seu falecido pai, surgirem por trás da tela que ela pintava há semanas. A palidez da tia brilhava com a luz do sol que entrava pela janela de maneira calorosa e segura, ou seja, completamente diferente do raio que a abduzira na noite anterior, e essa lembrança fez a cabeça de Ava girar.

— Tia — disse Ava —, tive um sonho tão estranho. — Fechou os olhos e respirou fundo algumas vezes, tentando se acalmar. Encarou-a e continuou, um pouco incerta sobre o que dizer: — Sei que a gente vive indo às convenções de ufologia e tudo mais, mas sei lá... Nunca achei que eu poderia sonhar que estava sendo abduzida, mesmo tendo vivido em Roswell. — Riu. — Achei que ter nascido na cidade mais óbvia para um contato alienígena me faria imune a essas coisas.

— Ava do céu! — A tia percebeu que a sobrinha estava a ponto de tombar e jogou o pincel dentro de um vidro com água. Rapidamente foi até ela. — Você está pálida... o que está sentindo? — Passou a mão pelos cabelos dela e, com a voz um pouco trêmula, como se lembrasse de algo do passado, disse: — Tem certeza de que foi só um sonho? — Lya colocou a mão sobre a testa da sobrinha e, depois, abaixou suas pálpebras inferiores para ver se ela estava anêmica. — Ava, Ava... Você já viu que existe uma quantidade de casos que são recordados pelas vítimas como sonhos, devaneios... — Bufou e, com uma mão na cintura e outra na cabeça, começou a andar pela cozinha, preocupada. — Melhor não bobear. — Pegou as chaves do carro e a bolsa e puxou Ava pelo braço.

— Acho melhor te levar ao médico agora. *Check-up* completo. Exames de sangue, de imagem.

— Ai, tia... — começou Ava e voltou para a cozinha. Pegou um copo d'água, encostou-se na pia e, depois de um longo gole, disse: — Que coisa. — Respirou fundo. — Tia, te disse que foi um sonho. Um sonho que veio logo depois de eu ter aquele mesmo pesadelo com minha mãe, lembra?

Deixou o copo sobre o mármore, levantou a camiseta e rodou o corpo para que Lya pudesse ver que já estava melhor. Ao puxar a manga direita para mostrar os braços à tia, reparou na cicatriz minúscula e recente, de formato estranho, mas resolveu não comentar.

— Viu? — perguntou, sentindo a barriga gelar. — Nada físico, tia. Podemos evitar médicos agora. Se algo mudar, a gente faz esses exames? — Sentou-se sobre a pia e ficou balançando os pés, esperando que a justificativa colasse, certa de que não queria virar rato de laboratório de ninguém. — Se eu sentir alguma coisa ou tiver algum sonho estranho, aí a gente se preocupa, tá? — Suspirou e foi até Lya, em quem deu um abraço sincero. — Desculpa, tia. Tive esse sonho e vim comentar em tom de piada. Esqueci de como você leva essas coisas a sério.

Lya se afastou e deixou chave e bolsa sobre o aparador perto da cozinha. Depois, encarou Ava por longos segundos.

— Você sabe que te conheço bem, né? — Piscou para a sobrinha e começou a guardar a louça que estava seca no escorredor. — Se eu notar que você está um *pouquinho* estranha, um *tiquinho* só... — Apertou a ponta do indicador no polegar algumas vezes e franziu as sobrancelhas. — Olha, te enfio no carro e a gente vai para o hospital sem nem uma reclamação, dona Ava.

Elas riram e, depois de alguns momentos, Ava voltou para o quarto, fechou a porta e se jogou na cama. Com os braços cruzados atrás da cabeça, observou as estrelas pintadas no teto azul-escuro do seu quarto, especialmente as sete estrelas da constelação de Touro, também chamadas Plêiades. Adorava a decoração que a tia havia feito para ela, dando um toque mágico com uma nuance muito discreta de lilás, que imitava de forma quase real aquela parte de seu espaço particular. Sorrindo, virou-se para o lado e deixou o corpo relaxar.

Acordou no final da tarde, sentindo-se um pouco estranha. Balançou a cabeça para terminar de despertar e sentou-se na cama. Ao coçar o antebraço, lembrou-se da cicatriz e pegou o celular para iluminar melhor a área. Com o indicador, sentiu melhor a pele, e era verdade. Parecia, pelo menos: como o descrito por milhares de vítimas, como se houvesse algo pequeno em seu corpo agora.

Se falasse com a tia, sua vida viraria um inferno: passaria por mil médicos e teria que conversar com todos os especialistas em ufologia que Lya conhecia, mas também sempre podia sair pela janela, andar pelo telhado e ir para a casa de Julie, sua vizinha, que era uma alternativa bem sensata naquele momento.

Sentou-se na cama, calçou os tênis e prendeu os cabelos. Ao se levantar, sentiu uma tontura estranha, acompanhada de calafrios nos braços, que se transformaram em uma luz branca e translúcida envolvendo-os. Correu até o espelho grande e oval, herança da avó, e não pôde acreditar. Aquela luz, agora, saía de suas mãos em direção ao vidro do espelho, como que penetrando nele, agora transformado numa espécie de portal.

Quando a luz diminuiu, Ava se viu frente a um adolescente latino, cujos olhos castanhos e calorosos combinavam com o discreto topete que lhe deixava com um ar meio despojado.

— Escuta, te conheço de algum lugar? — Diante do silêncio e da cara de espanto com que o garoto a observava, Ava continuou: — Onde você mora? — Olhou ao redor, examinando o quarto dele e o dela também, ainda tentando entender o que estava acontecendo. — Como...?

— E eu que sei? — ele respondeu em inglês, com sotaque bem carregado. — Estava aqui, estudando para uma prova e, de repente, sua cara apareceu nesse buraco, portal, sei lá.

Ava passou alguns segundos com os olhos fechados e as mãos na cabeça. Não bastava ter sido abduzida no dia anterior, tinha também que ter aprendido, do nada, a abrir portais multidimensionais...

— Terra chamando? — disse o menino enquanto balançava a mão direita. — Precisa de ajuda? Está tudo bem?

— Ah, desculpe. — Abriu os olhos e sorriu, mesmo sem entender nada. — Meu nome é Ava e moro na Califórn...

Antes de terminar de falar, estava em pé, na frente do espelho, e o quarto havia voltado a ser como antes.

Realmente, precisava conversar com Julie, porque aquela palhaçada toda já estava passando dos limites.

3

— COMO ASSIM? — PERGUNTOU JULIE, ABRAÇANDO O TRAVESSEIRO
lilás e apertando-o contra o queixo, curiosa. — Conta! E daí, e daí? —
Sentou-se na cama, cruzou as pernas e, com o indicador, ficou enrolando,
impaciente, uma de suas mechas de cabelo colorido.

— Não tenho certeza, já disse. — Jogou-se ao lado de Julie, esticou
o corpo e cruzou as mãos sobre a barriga, encarando o teto. — Comecei
a conversar com minha tia e me arrependi na hora. Não sei se foi um
sonho ou se foi real. Ao mesmo tempo, olha... — Mostrou a marca no
braço. — Passa a mão.

— Ai, credo! — Julie fez uma cara de medo e se afastou do antebraço
de Ava. — Você acha que pode ter um chip aí? Não pode ser um... hema-
toma, cisto, pelo encravado? Sei lá, algo mais fácil do que um chip
alienígena?

— Julie, para! — Ava começou a cutucar as cutículas. O dedão da
mão direita já estava bem machucado. — Já disse que pode ter sido um
sonho. O único problema é esse negócio no meu braço. — Bufou, sentindo que havia ganhado um *stalker* talvez imaginário, talvez intergalác-
tico. — E o desgraçado ainda me chamou pelo nome. Por mais que eu
tente desacreditar, há sinais muito concretos. Como ele sabia?

— Ué, Ava... — Julie se jogou para trás e se deixou afundar entre os
travesseiros. Com um sorriso safado, soltou uma gargalhada caricata de
filme de terror de terceira e disse: — É como nos filmes. — Foi até bem
perto da amiga com uma careta e as mãos como se fossem garras: — Uma
conjunção astral e interplanetária raríssima pode ter aproximado duas almas
que se buscavam... — Esticou a mão na direção do teto, como se descre-
vesse um cartaz parafraseando uma frase de Romeu e Julieta: — Duas casas,
ambas com dignidade, onde nós construímos nossa história...

— Não começa, Julie. — Ava a encarou, sem paciência.

— Sim, sim, sim! — Julie se levantou, foi até o meio do quarto e, dramática, continuou, com uma mão sobre o peito: — Quero amor, quero drama, lágrimas! — Respirou fundo, ajoelhou-se na cama e foi até Ava engatinhando. Depois de se jogar ao lado dela, com um travesseiro entre os braços, continuou, com sotaque britânico fajuto: — *Das entranhas fatais dessas duas famílias inimigas, nasce um par de amantes sem sorte... oh! mundo cruel.*

— Ai, que Romeu e Julieta, que nada, Julie! Sabia que entrar no teatro no ano passado ia ferrar com a sua cabeça. — Riu, fechou os olhos e voltou a colocar o dedo sobre o chip para ver se ainda permanecia lá. — Até parece. Estou feliz é de estar viva, de ter voltado para casa só com isso aqui. — Bateu de leve com o dedo indicador sobre a cicatriz. — Podia ter sido muito pior.

— Tá. Desculpa. — Julie se sentou, séria. — E sua tia? Você falou com ela sobre isso? Ela deve estar maluca, ligando para todos os contatos que ela tem neste mundo.

— Pois é. — Sentiu os olhos queimarem. — Adoro todo esse papo, mas nunca tinha levado a sério, sério mesmo, sabe? Por mais que as histórias sejam incríveis, sei lá... Estar metida em uma trama de ET não é nada legal. Nada.

— Sua tia não está te enchendo dizendo que é por causa de Roswell e tal?

— Olha, acho que consegui desconversar. Não estou preparada para virar o centro das atenções, ainda mais porque tem toda aquela coisa de Pedra de Roswell, em setembro de 2004, exatamente na época em que minha mãe morreu e minha tia me trouxe para morar na Califórnia.

— Por que você nunca tinha me contado isso antes, Ava? — Julie a observou sem saber se a abraçava ou se era melhor deixar que falasse sem interrupções. — Se eu soubesse, tinha dado mais ouvidos às suas histórias. Para mim, esse negócio de Roswell era uma coisa meio folclórica na sua vida, sabe? Um daqueles dados biográficos bizarros que a gente menciona em mesa de bar para mostrar que é o mais estranho na roda.

Ava calou-se, um pouco constrangida por se sentir uma atração de circo.

— Desculpa... — disse Julie. — Não foi a intenção. — Abraçou a amiga e, depois, continuou: — Sei que você sempre me fala que não se lembra nada dessa época, mas e sua tia? Já perguntou para ela como quem não quer nada?

— E a minha tia Lya lá deixa alguma coisa passar, Julie? Ainda mais agora? Com que cara vou perguntar para ela alguma coisa do passado depois de ter dado com a língua nos dentes e ter confessado, em pleno café da manhã, que fui abduzida?

— Quer repassar do que você se lembra?

— Bem, meu pai era engenheiro mecânico e trabalhava na Área 51. — Encarou Julie e se virou na cama para ficar de frente para ela. — Minha tia fala que ele desenvolvia tecnologia de aviação militar. O que está me queimando a cabeça é: a queda da nave aconteceu na cidade de Roswell, em 1947. Meu pai trabalhava na área. Depois acontece a morte dele e da minha mãe, e minha vinda para cá, e surge a tal pedra... Agora, um alien *stalker*. É muita coisa para eu juntar e fazer algum sentido.

Por alguns momentos, Ava se manteve em silêncio novamente. Seria seguro, para Julie, conversar sobre aquelas coisas? A Pedra de Roswell, por exemplo, era uma anomalia em termos magnéticos. Além de interferir em bússolas, era feita de um material muito estranho, impossível de replicar em laboratório, coberto com desenhos iguais aos encontrados em uma plantação na Inglaterra.

Quando olhou para o lado, viu que a amiga havia pegado no sono. Entendendo aquele intervalo como sua deixa para voltar para casa, desceu as escadas correndo, como sempre fazia; atravessou o gramado e foi para casa.

Ao entrar no quarto, jogou-se na cama e, com um suspiro cansado, olhou para seu telescópio e, depois, para o céu. Antes de fechar os olhos, pegou o porta-retratos que mantinha sobre a mesa de cabeceira. Nele, Ava aparecia no colo do pai, que abraçava sua mãe. Aproximou-o do rosto e, com o dedo indicador, acariciou os cabelos dos dois. Parecia-se bastante com a mãe, e lamentara por não ter herdado nem os olhos azuis ou os cabelos quase brancos, de tão loiros, do pai.

Dentro de seu peito, sentia uma urgência. Precisava de um ponto de partida, alguma explicação que pudesse ajudá-la a começar a botar ordem em sua vida. Lançou um olhar para o computador, cogitando passar a noite em claro e pesquisar, mas não conseguiu encontrar forças.

Podia não ser naquela noite, mas que ela ia descobrir o que estava acontecendo, ah, isso ia.

4

NA MANHÃ SEGUINTE, AVA CHEGOU ATRASADA À ESCOLA.
Além de ter perdido a hora, sua cabeça não parava de girar. Tinha tantas perguntas, que seu coração estava a mil. Ao virar no corredor para assistir à primeira aula, sentiu o estômago revirar, então correu para o banheiro. Não gostava muito de tomar café da manhã, mas Lya, preocupada com o estado da sobrinha, havia feito com que ela comesse uma maçã que, agora, ia para o sanitário com tudo o que tinha comido pela manhã.

Em frente ao espelho, Ava arrumou o cabelo e enxaguou a boca. Se tinha que chegar por último à sala, que pelo menos não aparecesse com bafo.

Saiu do banheiro e, ao entrar na sala, desculpou-se com a professora e saiu em busca de um lugar discreto.

Era início do ano letivo, então havia muita gente nova, mas seus olhos se fixaram no garoto que estava sentado em uma das últimas carteiras da esquerda.

Ela estava decidida a descobrir o que estava acontecendo, e seu primeiro dia de aula parecia um belo começo: o aluno novo que encontrara na aula de Química lembrava demais o garoto que havia visto através do portal.

Podia ser coincidência?

Claro que podia, mas ela ia descobrir.

5

AO OUVIR O SINAL, AVA PENSOU EM CONVERSAR COM O GAROTO diretamente, mas sua colega Julie a puxou pela mão antes que ela pudesse reagir. Devia ter contado a ela sobre as luzes em suas mãos, sobre a sensação estranha que tomou seus braços e sobre o portal, mas agora era tarde.

De braço dado com a amiga, teria que enfrentar o inferno do ensino médio até o final do intervalo, mas também poderia especular sobre quem era aquele cara.

Ava se levantou, tinha uma missão a cumprir. Assim, entrou com Julie na lanchonete e, antes de pegar a fila, escaneou a área procurando pelo menino latino, que estava sentado junto com Alex.

Enquanto pegava uma refeição, Ava manteve os olhos em sua presa. Sorrindo, o menino continuava conversando com Alex, que balançava seu *black power* discreto e ria, passando a mão no cabelo como sempre fazia quando ficava sem graça.

Depois de pagar, dirigiu Julie, muito discretamente, para uma mesa perto dos meninos. Queria pescar alguma coisa daquela conversa antes de tentar uma abordagem mais direta, ainda que, se fosse o mesmo garoto, aparecer no quarto dele, por meio de um portal, fosse algo mais invasivo que qualquer contato que fizessem dentro de uma escola.

Assim, com os ouvidos na mesa ao lado, Ava fingia rir com Julie, que contava a desgraça que seriam os horários de suas aulas naquele período. Conhecia a amiga há anos, então sabia que teria de conseguir entender as duas conversas para não despertar as suspeitas dela. E conseguiu descobrir as primeiras informações.

Pedro Rezende. R-e-z-e-n-d-e, como soletrara para Alex há poucos minutos, era o nome do garoto do espelho. Viera do Brasil para fazer intercâmbio e tinha uma McLaren 540c. Bufou, entediada. Detestava quando pegava os meninos conversando sobre carros caros como se fossem as coisas mais importantes do mundo.

— Está a fim de matar aula hoje, Ava? — Alex se levantou e, de longe, mostrou as chaves. — Meu pai deixou o carro comigo, coitado. — Com um sorriso, esperou alguma resposta, que não veio. — Mesmo horário?

Ava, nervosa, sentiu o estômago gelar quando percebeu que Rezende a observava de longe e, sem dizer uma palavra, balançou a cabeça e deu um sorriso amarelo.

— Ava!... — Julie quase gritou para tirar a amiga do transe, mas reparou na corrente de luzes em suas mãos e jogou seu casaco para esconder das vistas dos outros.

Nesse momento, os olhares dos três se cruzaram, e eles ficaram sem entender nada. Ava, encarando Rezende, não sabia o que fazer para esconder as mãos... Agora tinha certeza de que era o mesmo garoto e que a afinidade não acabava ali.

Levantou-se da mesa ainda atordoada, sem responder ao convite, saiu apressada em direção à parte de baixo das arquibancadas. Ela estava mais preocupada com outra coisa. Havia câmeras por toda a escola. Se alguém visse aqueles raios luminosos em seus braços, ela se tornaria um objeto. Sabia que seria estudada, examinada, e seria invadida por sondas e aparelhos que só se contentariam com os resultados das experiências quando ela estivesse morta — como já ouvira em diversas das conferências às quais comparecera com a tia.

— Ava! — disse Julie, que chegou correndo até as arquibancadas e, com as mãos nos joelhos, parou para recuperar o fôlego. — Está louca? — Foi até a amiga e encarou-a, um pouco ofendida. — Você sabe que vou reclamar e que vou encher seu saco por causa das suas mãos brilhantes de *transformer*, mas por que você não me contou? — Abraçou-a e, depois, afastou-a de si, com as mãos ainda em seus ombros. — Eu te amo, amiga. Agora ainda mais com os efeitos especiais da Ava com luz nas mãos, mas... — Piscou com o olho direito.

Ava suspirou e sentou-se na grama. Com as pernas cruzadas, deitou-se de lado, com a cabeça no colo de Julie, e contou tudo. Explicou sobre o espelho e sobre Rezende, sobre a sensação estranha que tomava conta de seus braços e assegurou-lhe de que não tinha noção do que estava acontecendo e muito menos de como fazia para ligar ou desligar aquela porcaria.

Depois de desabafar, Ava se levantou e estendeu a mão para que Julie ficasse em pé. Era preciso contar tudo para a tia. Sabia que sua grande aliada seria Lya, que tinha conhecimento e contatos na área, mas também que sua vida poderia se tornar um inferno, porque, desde a morte de seus pais, a tia assumiu seus cuidados como um verdadeiro cão de guarda, superprotegendo-a de modo sufocante. Então precisava entender mais sobre si antes de contar algo. Mas como controlar a situação se ela não tinha a mínima ideia do que estava acontecendo? A única certeza era a de que não serviria como um rato de laboratório para ninguém. Só precisava de um tempo... que parecia não ter.

6

DEPOIS DO JANTAR, AVA SUBIU PARA O QUARTO E FINGIU SE OCUPAR em colocar as coisas da escola em ordem. Por mais que fosse início do ano letivo, seria uma boa desculpa para estar acordada quando a tia passasse pela porta do seu quarto e lhe desse boa-noite. Assim, deixou os livros e cadernos abertos sobre a escrivaninha e espalhou as canetas que tinha no estojo. Real? Não, mas crível, e isso era suficiente.

Tinham suas desavenças, é claro — nenhum adolescente acha que os pais são os guardiões perfeitos, por mais que eles sejam —, mas eram boas amigas e, durante muito tempo, inseparáveis. Depois que Ava foi para a Califórnia para viver com Lya, viajaram para cima e para baixo correndo atrás de eventos ufológicos e paranormais. Além disso, tinham muitos gostos em comum em termos de séries e filmes, o que lhes garantia noites divertidas na frente da TV, mas a adolescência de Ava a tornara arisca e, sempre que possível, nunca deixava de cutucar Lya com algum comentário sobre como a mãe faria isso ou aquilo de maneira muito mais perfeita ou de pensar que a mãe ou o pai teriam muito mais condições de amá-la ou orientá-la, mesmo que mal se lembrasse da presença deles em sua vida.

Para pensar na vida, Ava saiu pela janela e sentou-se no telhado com seu telescópio. A escrivaninha já estava preparada, então tinha ainda algum tempo para olhar para o céu.

Passado algum tempo, ela retornou ao quarto. Estava apertada, entrou correndo pela janela e foi ao banheiro. Ao voltar, viu-se no espelho e não acreditou. A estranha energia fluía por seus braços, e a mesma luz saía de suas mãos. Lembrou-se de como vira Rezende e aproximou-se do espelho, tocando-o com as palmas. Sentiu o vidro amolecer e virar algo muito parecido com a superfície de um lago calmo e quente, que revelou um cenário que a assombrava quase todas as noites: sua casa em

Roswell. Por mais que a cena fosse da casa na atualidade, abandonada e caindo aos pedaços, era ela. Pronta para ser derrubada por um vento mais forte. Até a pintura por fora era a mesma que via em seus sonhos.

Pensou em entrar, mas não conseguiu. Estava tão nervosa que acabou tirando o equilíbrio do espelho, que num solavanco caiu e se espatifou no chão.

— O que aconteceu? Você está bem? — disse Lya, entrando correndo no quarto de Ava. Seu rosto estava ainda mais pálido do que já era e, naquele momento, Ava se arrependeu de pegar tanto no pé da tia. Ela realmente se preocupava com a sobrinha. O conflito ocorria porque tudo que Ava desejava era liberdade, e Lya, por outro lado, só queria que a jovem ficasse em segurança, mesmo que isso significasse um tipo de prisão. — Ava... — Pegou o rosto da sobrinha entre as mãos e, depois, trouxe-a para um abraço apertado. — Tome cuidado, meu amor. — Acariciou os cabelos dela. — Você é tudo o que eu tenho neste mundo, e ainda quero passar muito tempo contigo.

Aquelas palavras apertaram o coração de Ava, pois não estava sendo muito sincera com a tia há bastante tempo. Em poucos minutos, sairia escondida para se encontrar com Alex enquanto a tia imaginava que estaria em casa, em segurança. Era difícil escolher manter a mentira, mas não tinha opção. Pelo menos, não naquele momento, então, já saindo do quarto para poder mandar uma mensagem para Alex, Ava disse:

— Não se preocupe, tia. — Desceu as escadas correndo. — Está tudo bem. — Pegou a pá e a vassoura: — Deixa que eu limpo. — E, com a vassoura em mãos, começou a varrer. — Dou um jeito nisso rapidinho. — Abriu um sorriso. — Vai lá fazer suas coisas. Está tudo bem.

Virou-se e continuou varrendo, esperando que a tia entendesse a dica e a deixasse sozinha.

E funcionou.

Assim que Ava deu um jeito nos cacos, deixou-os sobre a pá e estacionou a vassoura verde ao lado dela, deixando a tarefa pela metade. Amanhã, Lya entraria no quarto da sobrinha para colocar as coisas em ordem, acharia cacos de vidro e, depois de um grande suspiro, pediria à alma da mãe de Ava, sua amiga, que iluminasse a cabeça da sobrinha, que lhe desse ao menos um pouco de juízo.

Ava, por sua vez, deitou-se na cama e ficou olhando para o teto. Enquanto namorava as constelações que sua tia havia pintado para ela há anos, adormeceu. Acordou com a mensagem de Alex. Feliz da vida, pendurou um binóculo no pescoço e puxou um pouco a calça de moletom nos joelhos para ter mais flexibilidade para sair pela janela, descer pela árvore e atravessar a grama correndo.

Ao ouvir sua porta do carro bater e os pneus cantarem um pouquinho no asfalto, Ava conseguiu, finalmente, respirar aliviada. Tinha passado por tantas coisas naqueles dias, que via Alex como uma salvação daqueles pesadelos. Talvez até como um super-herói particular, alguém que a ajudava a voar quando o peso de estar no chão era demais para ela. Suas aventuras com Alex eram de voar com parapente.

— Escuta, Ava... — Alex virou-se para ela e sorriu. Abaixou um pouco o volume do rádio e, depois, colocou a mão na direção novamente. — Quando é que você vai contar para a sua tia sobre nossos voos com parapente, hein?

— Acho que nunca, né? — Ava olhou-se no espelho e reparou na raiva que carregava sobre suas sobrancelhas franzidas. — Já falei pra você. Minha tia ainda me trata como se eu tivesse cinco anos de idade. Por ela eu nem saía de casa... acho que ficou traumatizada demais com a morte de meus pais.

— Até pouco tempo, eu achava que vocês tinham uma relação tão legal... — Revezava entre olhar para Ava e prestar atenção na estrada. — Morri de inveja durante muito tempo. Sabe como é: meu pai é militar da reserva, todo durão. Por mais que adore que eu vá lá na escola de voo dele, sei que não curte muito esse meu lance de saltar e de querer entrar para a Aeronáutica. Ele não quer que eu corra os mesmos riscos de vida que ele correu. Mas eu já até me alistei.

— Sério? Já conversou com ele sobre isso?

— Lógico que não. — Suspirou enquanto olhava o retrovisor e, batendo o dedão direito no volante, deu seta e pegou a saída à direita. — Acho que eu e meu pai estamos meio que como você e sua tia, ou seja, tô falando de você, mas vi que enfrento as mesmas dificuldades. — Riu. — Ele continua me enchendo o saco, e eu continuo fingindo que não me importo.

Ava viu o nome na placa da saída e virou-se para trás para ter certeza.

— Malibu, Alex? — Abriu o vidro e, com a cabeça um pouco para fora, sentiu o vento bater forte em seu rosto, exatamente como sentiria dali a pouco ao saltar. — Não acredito. — Gritou, de felicidade, para o nada e, depois, sorrindo, disse: — Muito obrigada pelo presente adiantado de aniversário. Vai ser demais.

Algum tempo depois, Alex estacionou o carro. Ainda teriam que caminhar até o alto do penhasco com suas mochilas nas costas, mas valeria a pena.

— Vamos lá, aluna.

— Aluna? — disse Ava enquanto se abaixava para tirar as coisas da mochila. — Ah, não enche.

— Aluna, sim. Não vou querer a responsabilidade de não ter verificado seu equipamento só porque você fica de frescura por ter que checar mais de uma vez todos os itens. — Alex tomou um gole de água da garrafa que havia trazido e, depois, amarrou um dos tênis. — Segurança, Ava. De uma vez por todas, larga de ser chata. Vai, checa tudo. A gente quer viver muito ainda.

Com seus capacetes nas cabeças e os rádios, que estavam na mesma frequência, presos ao corpo, montaram e testaram seus equipamentos. Quando não havia mais qualquer dúvida quanto à segurança, Ava correu pelo alto do penhasco e saltou.

Com o vento batendo em sua cara e bagunçando seus cabelos, ela era outra pessoa. Sentia-se livre, infinita, capaz. Durante os minutos que duravam seus voos, ela se misturava ao céu e esquecia-se de que era humana.

Do alto, a praia de Malibu brilhava, iluminada pela lua cheia de uma noite completamente sem nuvens. Ava, um pouco mais calma depois que a adrenalina baixou, perdeu-se nas luzes da cidade, que pareciam muito menos caóticas vistas de cima.

Depois de um bom tempo aproveitando a sensação de não ter peso, colocou a mão sobre o rádio para falar com Alex e olhou para seu relógio de pulso.

— Puta merda, Alex. Nem vi o tempo passar. — Fez alguns segundos de pausa, maravilhada com a beleza do padrão da espuma das ondas. — Minha tia vai comer minha alma.

Alex nem respondeu. Experiente que era, começou a descer em direção à praia e, em poucos minutos, já estava dobrando seu parapente junto com Ava, que pousou pouco depois.

Conversaram pouco durante o caminho, que demorou um tempo razoável.

Ao chegar em casa, Ava atravessou o gramado correndo e subiu pela árvore, rezando por uma intervenção divina. Calada, entrou pela janela, colocou os sapatos ao lado da cama, tirou os travesseiros que havia deixado debaixo do edredom para que a tia pensasse que ela estava dormindo e cobriu-se.

Quando fechou os olhos...

Click. A luz se acendeu.

7

— POSSO SABER ONDE A SENHORA ESTAVA ATÉ UMA HORA DESSAS? — disse Lya depois de acender o abajur do canto do quarto de Ava. Sentada na poltrona azul de leitura, continuou: — Fui até o banheiro lá pelas duas e passei por aqui para ver se estava tudo bem, ou seja, a senhora tem noção de quantas horas estou te esperando, dona Ava?

Ainda pega de surpresa, Ava não sabia o que responder. Então decidiu que era o momento de parar de se esconder.

— Tia, quer saber? — Ava sentou-se, um pouco nervosa, tentando escolher as palavras. — Tem dois anos que eu saio escondida para voar de parapente com o Alex.

— Parapente? — Lya, ainda na poltrona, olhava para Ava, incrédula. — Com a autorização de quem, posso saber? — Levantou-se e foi em direção à porta. — Vou ligar para o pai desse moleque e tirar satisfações assim que você for para a escola.

O enjoo de Ava aumentou.

— Tia, não faça isso! — Ava correu para a porta e impediu que Lya passasse. — Ele não tem culpa de nada. — Com lágrimas escorrendo pelo rosto, Ava continuou, a voz trêmula e tímida: — Quando perguntei se podia, você me disse que nem que você estivesse morta, tia... Enchi o saco do Alex até ele não ter como negar. Se tem alguém responsável por isso sou eu, não ele.

— Pois bem. — Lya afastou a sobrinha e foi até o corredor. Antes de descer as escadas, virou-se para Ava e disse: — Se é assim que você vai agir comigo, que seja. Depois do seu aniversário, você está de castigo.

— Mas, tia!

— Nem mas nem meio mas. — Desceu quatro degraus e gritou: — E vá se arrumar para a escola para não chegar atrasada como ontem. O café fica pronto em dez minutos. Ah, é. E semana que vem, Ava, será da escola para casa: nada de telescópio e nada de sair. Nem para a casa da Julie.

Se sete dias sem voar de parapente já eram uma tortura para Ava, mal podia imaginar o quão insuportável seria uma semana *sem telescópio* e *sem sair de casa*. Era melhor aproveitar o sábado com Julie, porque uma semana trancada iria parecer uma eternidade.

Não seria uma má hora para aprender a controlar aqueles poderes e os portais...

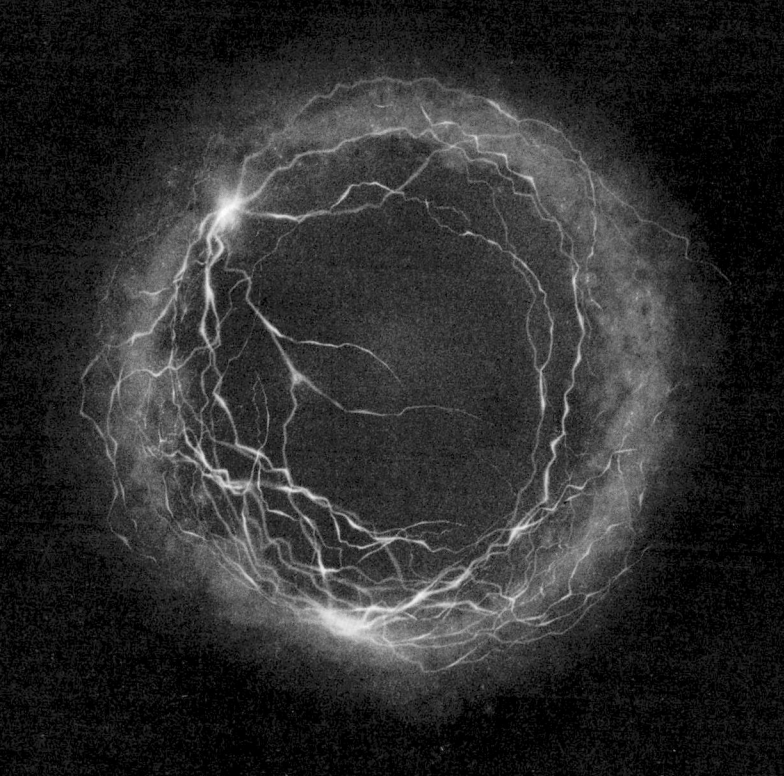

8

— SÉRIO QUE SUA TIA TE DEIXOU DE CASTIGO A SEMANA TODA? — disse Julie, estendendo a toalha na areia. — Se bem que não posso nem falar nada. — Suspirou e revirou os olhos, ajeitando o biquíni de margaridas. —Acho que, se fosse minha filha, faria a mesma coisa com você.

— Faria nada. — Ava sentou-se em sua toalha amarela. — Nem vem me encher o saco. Sei que você não seria tão traidora assim com a coitada da sua filha. Quando você crescer, Julie, vire *mãe* e não uma *chata*.

As duas riram e se deitaram ao mesmo tempo.

Ava, com as costas viradas para o sol, observava o movimento. Por mais que não fosse uma rata de praia, gostava do sol esquentando sua pele depois de um banho de mar, pois o sal lhe dava a certeza de estar viva. De olhos fechados, aproveitava o ar salgado que cobria seus lábios trazido pela maresia, que balançava seus cabelos castanhos.

— Ava! Você aqui? — disse uma voz que ela não sabia identificar mais ou menos uma hora depois.

Virou-se para onde ela julgava que o cara estivesse, cobriu o sol com a mão para proteger os olhos e, por alguns segundos, encarou Rezende sem dizer uma palavra.

— Quer dar uma volta?

O convite de alguém que mal conhecia parecia estranho... mas era tão natural. Sem terem se falado antes, ela sentia que podia confiar e estava bastante curiosa em conhecer mais o rapaz que encontrara pela primeira vez num espelho... depois, inacreditavelmente, em sua sala de aula. Ava, no mesmo instante, encarou Julie que, por ser distraída, sempre acabava dando com a língua nos dentes e deixando-a constrangida de alguma forma, especialmente quando tinha a ver com homens. Agradeceu aos deuses por ver que ela estava cochilando com uma toalha sobre os olhos e, para não deixá-la preocupada, mandou uma mensagem no celular dizendo que voltava logo.

Os primeiros segundos foram bem constrangedores. Cada passo era uma confirmação de que sua boca não parecia ser sua, pois cada frase que se encaixava para ser articulada em sua garganta parecia errada, fora de contexto, mentirosa.

— Você é sempre tão quieta assim?

Sorriu como resposta. Seus olhos estavam um pouco desconfortáveis com aquela luz toda, afinal de contas, não era segredo para ninguém que Ava preferia muito mais a noite que o dia. Desde criança, tendia a funcionar muito melhor, em termos de humor e raciocínio, quando se mantinha ativa enquanto a lua permanecia no céu.

— Ná... — Levou os braços para trás do corpo e cruzou-os. Depois, passou um tempo cutucando com os dentes uma pele em seu lábio inferior. — Acho que não sou gótica só por influência da minha tia Lya, que passa o tempo todo trabalhada nas *good vibes*, sabe? — Sorriu e encarou a areia. — Não funciono muito bem durante o dia. — Bateu na testa e olhou para ele. — Acho que meu cérebro nasceu com os fios trocados.

— Aliás... — disse Rezende depois de um longo silêncio constrangedor, durante o qual ele procurou algum assunto para comentar. — Se a gente não se encontrar amanhã, parabéns. Vai fazer festa?

— Ah, obrigada! — respondeu e encarou-o, surpresa. — Como o povo daqui é fofoqueiro, não?

— Ava, não liga. — Sorriu para ela e, de surpresa, segurou sua mão. — Espero que não se ofenda, mas saí coletando informações a seu respeito com a galera. — Riu. — Você não é só a menina que apareceu conversando comigo através de um portal. Você também é um rostinho bonito. No Brasil, eu tenho canais em redes sociais, então investigar coisas interessantes é uma das minhas especialidades.

— Larga de ser besta! — Riu e, de maneira bem discreta e quase natural, soltou a mão que ele segurava. — Sou muito mais que um rostinho bonito. — Amarrou os cabelos novamente, virou-se para o sol e, com a mão sob o queixo e um sorriso forçado, fez pose de foto de "promessa futura" de anuário escolar. — Sou uma garota que tem que passar uma semana de castigo por ter aprendido a voar de parapente sem pedir a autorização da minha tia. Além disso... *Há mistérios a serem desvendados...* — disse, com uma voz de narrador de programa de TV sobre mistérios não resolvidos. — Ainda falei com você por um portal. Tchan, tchan, tchan, tchan... — Fez um gesto dramático com as mãos como se quisesse adicionar mais suspense. — Um portal maluco, que apareceu do nada e que ainda não sei como funciona. Da hora, não?

— Bem, para mim, é. — Tentou pegar a mão dela, mas, por puro acaso, seus passos estavam dessincronizados, então não conseguiu. — Vim para cá esperando uma vida normal de estudante de intercâmbio — disse, com um sotaque carregado do sul do Brasil. — Aquela coisa de filme: passar o ano todo sem falar com ninguém, vindo com o dobro do dinheiro porque alguém fatalmente me roubaria todos os dias em algum dos corredores lá da escola, passar grande parte do meu tempo de cabeça para baixo dentro de alguma lata de lixo, essas coisas.

— Você alto desse jeito? Ninguém teria coragem.

Os dois riram e, depois, voltaram a ficar em silêncio.

— Você sempre morou aqui? — Olhou ao redor, sorrindo. — Cara, minha cidade, Londrina, até tem cara de festa. Muitos bares, gente a fim de se divertir, mas, do meu ponto de vista, não tem o que é mais importante: praia. Adoro ouvir o barulho do mar.

— Já eu sou mais da noite, mas não posso dizer que não goste. Ontem, por exemplo, sobrevoei Malibu com o Alex. — Ava agradeceu por Rezende ter escolhido um assunto aleatório em vez de falar do portal. — Foi fantástico. Uma liberdade tão grande... Um silêncio... Mas, voltando à sua pergunta, não sou daqui, não. Nasci em Roswell, no Novo México, e vim para cá em 2004, quando eu tinha cinco anos.

— Roswell... — Rezende tentou segurar a mão de Ava novamente, e de novo não conseguiu. — Aquela cidade lá dos discos voadores, não é? — Ficou quieto por alguns segundos, encarando o mar ao longe. — Adorei o episódio do *Arquivo X* em que o Mulder troca de corpo com o outro agente lá, não lembro o nome dele, e o cara começa a dar em cima da agente Scully.

— Ah, você gosta de *Arquivo X*? — Sorriu. — Vivo com minha tia Lya, que me acolheu depois da morte dos meus pais. Se tem alguém que é fissurada nesse lance de aliens e nessa doideira toda, essa pessoa é minha tia. Sempre vou com ela às convenções e, não posso negar, passo muito tempo olhando meu telescópio. Amo o espaço. — Abriu os braços como se quisesse abraçar o céu e Rezende, aproveitando a deixa, deu-lhe um abraço com segundas intenções. — Opa! — Ela se afastou. — Olha, não é que não te ache agradável ou bonito...

— Desculpa! — Rezende se afastou um pouco, totalmente sem graça. — Não quis ser folgado. — Bufou. — Sei lá. — Sorriu sem graça, mas, depois, recuperou o ânimo e, rindo, disse: — Vai ver que sou um caso típico de estudante de intercâmbio: fiquei a fim da menina bonita logo no começo e puf! Na cara! Fui rejeitado. Minhas chances acabaram e, agora, vou ser um rostinho bonito solteiro e assombrado pela minha decepção amorosa pelo resto do ano letivo. — Fez cara de cachorro perdido. — Você não fica com dó do meu destino trágico, não? Um clássico filme para adolescentes.

Os dois riram, e o clima ficou mais leve.

— Clássico?

— É. Eu acho. Você não?

— Ah... — Ava fez uma cara engraçada e fingiu segurar uma prancheta e uma caneta e, depois, ajeitou os óculos imaginários. — Bem, de acordo com a avaliação dos jurados, sua história é até razoável, mas clássico adolescente mesmo é a história de Ava. Já ouviu falar?

— Ava? — respondeu batendo o indicador no queixo e fingindo uma cara de especialista em alguma coisa. — O nome não me é estranho...

— Ah, é uma menina meio estranha aí. — Ainda segurando a prancheta de mentira, fingiu virar algumas folhas e continuou: — Já não bastasse gostar de observar os céus à procura de coisas estranhas, ainda deu para aparecer na casa dos outros por meio de portais interdimensionais. Que loucura, né?

— Loucura, nada. — Sorriu e segurou o celular. — Se quiser me dar o número para eu ligar para esse tal portal aí, ficaria muito feliz.

— Bem... Vejamos. — Olhou para ele como se fosse uma jurada do *The Voice* analisando a presença de palco de um candidato que nem tinha cantado ainda. — Dependendo da nossa conversa, te passo meu número. Isso, claro, se você não for um infiltrado do mal ou, sei lá, um robô T-1000 feito de metal líquido e mandado para me exterminar. Combinado?

— E se eu te disser que sei como abrir o portal?

9

CONVERSARAM POR CERCA DE DUAS HORAS ENQUANTO IAM E voltavam na orla. Ava contou sobre aquele evento que considerou como sua abdução, mas, como não tinha grandes informações sobre o que havia acontecido realmente, os dois ficaram mais na especulação do que chegaram a um real entendimento do que havia acontecido. Rezende, por sua vez, disse a ela que estava escrevendo um livro sobre suas experiências bizarras, mas não chegou a detalhar nenhuma, o que deixou Ava meio que com a pulga atrás da orelha. Podia ser verdade? Claro que podia. Mas, também, podia ser fantasia — afinal de contas, o cara era um *influencer* de redes sociais... então ela ficou pensativa... E se estivesse sendo usada? Talvez Rezende tivesse vontade de viralizar com alguma história de realidade alternativa, viagem no tempo. Já tinham feito isso no TikTok ou no Instagram, sei lá, onde um maluco dizia estar sozinho na Terra em 2027.

Ava tentou afastar essas ideias de conspiração de sua cabeça. Apesar de viver no mundo da tia, onde essas loucuras eram faladas o tempo todo, não queria afastar alguém que parecia entendê-la sem necessidade de muitas palavras.

Rezende parecia um cara interessante, e fazia muito tempo que não surgia alguém novo em sua vida. Com ele se sentia leve... não iria estragar tudo se fechando por medo, como das outras vezes. Estava decidida a arriscar.

10

— QUE MENINO BONITO É ESSE, HEIN? – DISSE LYA, AO VER AVA se despedindo de Rezende quando fora buscá-la na praia. — Pele dourada... — Fez um gesto com os braços que imitava postura de halterofilista. — Bem-alimentado...

— Ah, isso ele não conseguiu com pizza, não, Lya — rebateu Julie depois de uma gargalhada. — É, sim, muito Whey Protein e muitas repetições na academia. — Apoiou-se entre os dois bancos da frente e, com a cabeça encostada nas mãos, continuou: — Ele está estudando lá na escola. Intercâmbio. É brasileiro.

As três tinham saído para comer e Ava parecia transportada para outro lugar... ficou olhando para a paisagem que passava, rápida, à sua direita. Com a mão para fora do vidro, sentia o vento esfriando sua pele, o que fez com que fechasse os olhos, recostasse a cabeça no banco e se lembrasse de seu último voo de parapente. Permaneceu calada pelo resto do trajeto, porque não estava a fim da conversa feminina cheia de duplo sentido ou da mania que as duas tinham de sugerir namorados para ela.

Alguns minutos depois, Lya estacionou na porta da casa de Julie, que se despediu e entrou sem olhar para trás. Ava, sem paciência, deixou suas coisas na garagem e deu a volta, pois não queria deixar um rastro de areia de praia pela casa.

Enquanto subia as escadas do deque, reparou, de relance, em um vulto. A área onde morava tinha criminalidade quase zero, então seu coração acelerou. Pegou o celular e começou a discar 911, mas, ao avistar a figura novamente, resolveu se aproximar.

Deu a volta pela varanda crente de que era um de seus amigos fantasiado, mas, antes de chegar à porta da frente, deu de cara com ele. Pele verde, feições reptilianas e dois metros de altura. Para piorar,

analisava-a com uma cara de poucos amigos, que era acentuada pela serie-
dade de sua farda preta e fosca de mangas compridas, feita de algo parecido com neoprene.

Os dois se encaravam como se estivessem em um impasse: Ava não
conseguia fazer com que suas pernas corressem, e o cara que havia acordado achando que o Halloween era naquele dia permanecia à sua frente
sem reagir.

Ava, desesperada, procurou ajuda no céu. Talvez aquele tal Eydran
estivesse a caminho para salvá-la, afinal de contas, ela precisava de um
herói naquele momento.

Quando voltou os olhos para a frente, ele havia desaparecido, o
que fez com que seus joelhos se dobrassem e ela caísse sentada no
chão, pálida.

— Ava? — disse Lya, que correu até a sobrinha e se agachou. — Ava?
— Estalou os dedos algumas vezes perto dos ouvidos dela. — Acorda.

Depois de alguns segundos, conseguiu distinguir o rosto de Lya e,
infelizmente, notou também a preocupação que a tia deixava transparecer no olhar. De uma hora para a outra, ela parecia ter envelhecido uns
bons anos, pois as linhas ao redor de seus olhos estavam mais aparentes
e seus lábios, um pouco mais finos, puxados para baixo por uma amar-
gura que Ava nunca havia percebido.

— Tia... — Ava pegou a mão de Lya e se levantou. Tremendo, sentou-se em uma das cadeiras que sua tia deixava na parte da frente de casa
para seus convidados fumantes ou para suas tardes de pintura. — Olha...
Nem sei direito como explicar o que aconteceu... — Com a boca aberta,
observou a tia por alguns segundos, sem saber se deveria confessar que
teve um contato imediato de terceiro grau ali na varanda. — É. Sei lá. Posso
estar muito louca, mas acho que vi um reptiliano. Aqueles verdes.

— Ah, meu amor... — Lya colocou a mão na bochecha da sobrinha
e, depois, sobre sua testa, que permanecia fresca. — Em plena luz do
dia? — Baixou os olhos e ficou brincando com a costura da sua calça lilás.
— Sei que sou a louca dos óvnis, mas acho que tanto contato *em uma
semana* é demais, né? — Passou alguns segundos em silêncio e, ao continuar, Ava notou certa hesitação em sua voz. — Não deve ter sido nada.
Venha. — Estendeu a mão como um convite. — Sempre falo que você
tem que se alimentar melhor, tomar seu café da manhã direitinho.
Depois, vomita, cai sentada...

Amparada pelos braços magros da tia, foi até a porta. Antes de entrar, olhou de relance para o céu e lá estava ele: um óvni em formato de charuto, algo que ela nunca tinha visto antes, mesmo com toda sua exploração noturna do universo.

Sem qualquer resistência, permitiu que a tia a levasse até o quarto e se deitou. Sua cabeça girava.

Quantos contatos imediatos tivera nos últimos dias? Tudo bem que era sobrinha de ufóloga, mas aquilo já era demais.

Quando ouviu os passos de Lya descendo a escada, encostou a porta, pegou seu laptop e foi para o banheiro do quarto. Sentada na privada, jogou o termo "reptiliano" no Google e o que encontrou começou a assustá-la.

11

DEPOIS DE ALGUMAS HORAS DE BUSCA, CONSEGUIU DESCOBRIR QUE, de acordo com as figuras que encontrara, era mesmo um reptiliano, como os especialistas costumavam chamar, uma espécie cuja abordagem era muito agressiva, que costumava usar naves em formato de charuto.

Com a cabeça a mil, voltou para o quarto. Suas costas doíam tanto por causa da postura desconfortável em que estava, então deitou-se na cama.

Repassou os últimos acontecimentos. Uma abdução, um alienígena *stalker*, acessos ao portal com direito a mãos *transformer*, um reptiliano e uma nave em forma de charuto, tudo isso em poucos dias. Como? Por quê?

Passara doze anos, desde os cinco de idade, peregrinando pelas estradas dos Estados Unidos com a tia, indo de convenção em convenção e, durante todos esses anos, nada de especial acontecera. Por mais que procurasse observar o céu com seu telescópio sempre que podia, nunca havia sido sorteada na loteria alienígena, ainda mais tantas vezes na sequência.

Para piorar, ainda havia o comportamento de Lya. Ava nunca entendera por que ela evitava tanto falar a respeito da morte dos seus pais, mas respeitara como símbolo de uma dor que ela não chegara exatamente a sentir, pois era muito nova quando os pais morreram. Agora, no entanto, reconhecia sempre um tremor estranho na voz de Lya, uma postura um pouco diferente da protetora e conciliadora que ela sempre tivera com a sobrinha. Por mais que lhe doesse criar essa desconfiança, tinha uma suspeita de que a tia estava escondendo muita coisa.

Confusa, voltou os olhos mais uma vez para a foto em que aparecia com os pais. Pegou-a e, depois de um suspiro sofrido, sentiu as lágrimas descerem. Se eles não tivessem morrido, talvez não estivesse naquela situação. Talvez a presença dos pais a tornasse imune a esse tipo de coisa.

— Que desgraça.

Ava sentou-se na cama e, depois de limpar o suor que lhe escorria pela testa, respirou fundo e decidiu que descobriria, mesmo que Lya se recusasse a contar, tudo que havia acontecido com sua família, pois, nessa versão, Ava era abduzida por uma luz muito clara e, antes de ser levada, viu a Pedra de Roswell caindo de sua mão e levantando uma pequena nuvem de poeira ao tocar o solo.

12

LYA, NO DOMINGO, NÃO ACORDOU AVA NO HORÁRIO DE SEMPRE. EM
vez disso, preparou um café da manhã especial, incluindo cheesecake de
morango e a presença de Julie, praticamente irmã siamesa da sobrinha,
a quem já tinha respondido doze vezes durante a manhã que Ava ainda
não estava de pé.

Ao entrar no quarto, viu-a dormindo com o cabelo castanho esparra-
mado no travesseiro e teve vontade de chorar. Como aquela criança de
cinco anos havia crescido tão rápido? Em breve, se formaria e partiria para
alguma faculdade do outro lado do país, o que a fazia morrer de medo.
Havia também todo o peso do passado, de tanto sofrimento. Nas pontas
dos pés, foi até ela e, acariciando seus cabelos, acordou-a.

Ava sorriu. Pela primeira vez em muito tempo, estava sonhando com
coisas boas da infância.

Ao abrir os olhos, viu a tia e pediu alguns minutos para ir ao banheiro.
Nem se lembrava de que era seu aniversário.

Pegou o celular e foi para o banheiro. A primeira mensagem que leu
foi de Rezende: além dos costumeiros parabéns, ele a chamava para dar
uma volta.

Respondeu pedindo desculpas pela demora e, além disso, disse que
responderia assim que falasse com Lya.

Como não se lembrara de que era seu aniversário? Realmente, os
últimos acontecimentos estavam lhe tirando toda a concentração na vida
do lado de fora de sua cabeça cheia de teorias da conspiração.

Depois de lavar o rosto e se achar minimamente decente, colocou as
pantufas e desceu. Do meio da escada, viu o sorriso de Julie e Lya, as duas
em pé ao lado da mesa da cozinha, que estava repleta de comida.

— Parabéns, minha querida. — Lya a abraçou. — Não acredito que você já tem dezoito anos. — Apertou-a nas bochechas, gesto feito de brincadeira, imitando aquelas tias chatas em festa de fim de ano. — Como você cresceu rápido!

Ava sorriu e, depois, recebeu o abraço apertado de Julie, sua companheira de todas as horas nos últimos anos. Se analisasse a cena friamente, as pessoas mais importantes de sua vida estavam sentadas nas cadeiras à sua frente. Naquele instante, desejou que as outras duas pudessem estar ocupadas por seus pais, o que tornaria tudo perfeito.

Ainda sonolenta, comeu, mas sem sentir muito gosto. Mas disfarçou muito bem, pois queria observar a tia e seu comportamento. Cheesecake de morango? Perfeito! Era sua sobremesa preferida e sempre o prato principal no café da manhã de seu aniversário. Julie: era tão sua amiga e a conhecia tanto que, muitas vezes, completavam o pensamento uma da outra.

Olhou ao redor: a casa permanecia a mesma. Todos os móveis e decorações estavam em seus devidos lugares e nada parecia ter sido quebrado ou roubado. A única coisa na qual não tinha reparado antes era um brilho estranho nos olhos de Lya, um indicativo de que ela provavelmente estava escondendo alguma coisa.

— Tia... — disse Ava, ainda mastigando uma fatia enorme de cheesecake que rolava em sua boca, mas teimava em não descer por sua garganta. — Sabe o Rezende? Aquele cara que você viu conversando comigo ontem quando foi me buscar na praia?

— Sei — respondeu Lya de maneira seca. — O que tem ele? Vai me dizer que ele te mandou mensagem querendo te roubar de mim no dia mais importante do ano?

Ava a observou sem dizer uma palavra. Será que a tia estava controlando seu celular? Preferiu não pensar nisso.

— É isso mesmo. — Forçou-se a engolir a última garfada. — Tem problema? — Revirou os olhos de maneira desafiadora. — Ah, ele tem um carrão bem veloz, daqueles que vão te deixar de cabelo em pé.

Julie, de canto de olho, observava a interação entre as duas sem querer se meter, mas não conseguiu.

— Ah, Lya... — Colocou a mão sobre as dela, que descansavam, muito comportadas, sobre a toalha branca de flores. — Deixa, vai? — Passou alguns segundos calada, avaliando a situação. Depois, virou-se para Ava. — E não é um carrão. É um McLaren. Coisa fina. — Juntou a ponta dos dedos da mão direita em um gesto bem italiano e beijou-os. Virou-se, então, para Lya e continuou: — E fora que tem outra, tia Lya. A Ava é encalhada. Ninguém nunca a chama para sair. Não deixe a oportunidade passar assim tão fácil!

Ava levantou os olhos e abriu a boca para gritar com Julie, mas a briga foi substituída por três gargalhadas, que tornaram o resto da refeição muito mais leve — ou não, pois a risada de Julie era a confirmação do pior medo de Ava: ter que experimentar o guarda-roupa inteiro para ver se encontrava alguma coisa que quisesse usar, o que a tirava do sério.

Às nove da noite, ouviu a campainha tocar e, antes que Lya pudesse atender, Ava desceu correndo e fechou a porta atrás de si.

— Oi...

Ava parou, por causa da pressa, a poucos centímetros do rosto de Rezende.

— A senhorita me daria o prazer? — perguntou Rezende, fez uma reverência de mordomo de milionário e esticou a mão para que Ava a segurasse.

Ava riu e acompanhou-o até sua McLaren branca, futurista e arrojada de uma maneira menos ameaçadora e estranha que uma nave em forma de charuto.

— Olha, não é um disco voador e eu não tenho acesso a meios de comunicação mais *hype* como portais, mas acho que está valendo, não? — disse Rezende depois de fechar a porta de Ava, entrar no carro, fechar a dele e ligá-lo. Acelerou um pouco e o painel todo pareceu ganhar vida. — Pode ter sido feito aqui na Terra, mas é bem da hora, não?

Ava sorriu.

— Tem uma coisa para você no porta-luvas.

Ava abriu o porta-luvas, dentro havia uma delicada caixa de veludo preta.

Era uma pulseira prateada, com várias estrelinhas dependuradas ao longo da fina corrente.

— Nossa Rezende, ela é linda! — Ava disse, tirando a pulseira e colocando a caixinha no console do carro.

— Deixa que eu coloco para você — Rezende disse pegando a pulseira, a envolveu no punho de Ava e prendeu o seu fecho. Então a fitou nos olhos. — Desejo que essas estrelas tragam muita sorte para você.

E ele acelerou novamente.

— Curte a viagem. — Ligou o som e saiu. Assim que pegou velocidade, abaixou os vidros, o que fez o vento invadir o carro de uma vez, bagunçando os cabelos de Ava como se ela estivesse em queda livre praticamente.

— Seu presente de aniversário de verdade está bem longe daqui.

13

QUANDO REZENDE ESTACIONOU, AVA NÃO CONSEGUIA ACREDITAR em seus olhos. Os faróis, de longe, já haviam lhe mostrado que Alex a aguardava com dois parapentes.

— Quer ter filhos? — Ava virou-se, sorrindo e com uma leveza incrível no peito, para Rezende. Depois de soltar uma gargalhada alta, disse: — Brincadeira! Quero dizer... É...

— Vai, agora fala. — Rezende riu. — Quis fazer uma brincadeira e não sabe como sair dela sem dizer que, na realidade, não quer ter filhos comigo, não é?

Ava ficou vermelha.

— Cara, vem ver. — Alex meteu a cara pelo vidro do lado dela, que ainda estava aberto. — Você não vai acreditar. — Abriu a porta e puxou-a de lá, incrivelmente animado, quase como se o aniversário fosse, na verdade, dele. — Sua tia comprou um parapente novinho para você e pediu que eu te entregasse.

— Sério?

— É claro que não acho que ela queria que eu entregasse hoje e muito menos de noite, mas... sabe como é. — Rezende segurou a mochila e, depois, colocou-a nas mãos de Ava. — Seu presente é tão perfeito, que ajudei sua tia a escolher bem o modelo que você queria! Olha que incrível!

Enquanto se preparavam, Alex passou para Ava o relatório completo sobre as condições meteorológicas: o tempo não estava muito bom, e as nuvens podiam avançar mais rápido, o que lhes dava uma janela segura de voo de coisa de meia hora, quarenta minutos.

— Bora? — disse Ava. Depois de conferir todos os equipamentos, saiu correndo e pulou.

14

— UÉ, CADÊ ELA, HEIN? — PERGUNTOU REZENDE PARA JULIE, QUE se aquecia em frente à fogueira que eles haviam acendido para esperar por Ava e Alex na praia. — Consegue ver alguma coisa?

— O Alex está pousando bem ali... — Julie apontou para um ponto um pouco adiante na praia de Malibu e, com o binóculo, começou a procurar pela amiga. — É o único parapente que vejo.

Julie levantou-se e foi correndo até ele seguida por Rezende.

— PERDI CONTATO COM AVA. — Alex se desconectou do seu parapente e começou a enrolá-lo para guardá-lo na mochila. — Insisti, insisti para ela pousar comigo, mas ela me disse que, sabe como é a Ava... FALOU QUE ESTAVA VENDO UMA NAVE. Depois disso, o rádio falhou e aqui estamos nós. — Suspirou, ligou a lanterna que sempre trazia na mochila e começou a vasculhar a praia. — Espero que ela também tenha pousado, porque o tempo está fechando, e ela vai ser engolida pelas nuvens.

Rezende e Julie seguiram Alex, que rapidamente foi fazendo a busca por toda a área da praia. Ao chegarem perto do píer, Alex tirou a mochila das costas, colocou-a sobre a areia e parou para recuperar o fôlego.

— Vou até a água só para molhar os pés e me refrescar um pouco. — Tirou os sapatos, levantou a barra das calças e foi entrando no mar. — Se quiserem vir junto... Aí, a gente para e pensa no que fazer. Talvez devêssemos ligar para a políc...

E desapareceu.

Rezende e Julie se entreolharam sem entender nada.

— Merda! Cadê o Alex? — perguntou Julie e já foi descalçando os sapatos, jogando suas coisas na areia e entrando no mar. — Não vou perder dois amigos no mesmo di...

E desapareceu.

Rezende, preocupado, bagunçou o topete e ficou andando de um lado para o outro. Havia acabado de chegar aos Estados Unidos e não estava preparado para se envolver em problemas num país estranho.

Ao pensar nisso, riu.

Depois, livrou-se daqueles pensamentos e saiu em busca dos amigos.

Sem os sapatos, começou a entrar no mar, mas não encontrou ninguém e voltou. Estava numa praia na Califórnia... ia ter de se virar para resolver problemas, fosse de primeiro mundo ou de outro mundo — então se preveniu. Se tivesse que ser abduzido, que pelo menos fosse calçado.

E, ao recolher três pares de tênis nas mãos, desapareceu.

15

FOI COMO SE TIVESSE ATRAVESSADO UM PORTAL. DO OUTRO LADO, encontrou Julie e Alex de olhos arregalados. Atrás deles, árvores frondosas bem espaçadas e um gramado, o que seria um ótimo lugar para relaxar, exceto por provavelmente parecer que estavam em outro planeta.

— A gente pode estar ferrado, mas não vai estar descalço. — Levantou os sapatos como se fossem troféus.

Alex foi até ele sem dizer uma palavra. Enquanto isso, Julie andava, de um lado para o outro, tentando encontrar um sinal de celular.

— Nada.

— Por que a gente não volt... — disse Rezende, que se virou e deu alguns passos voltando para o lugar por onde entrara, mas não havia mais portal algum. — É. Acho que não vai dar para usar a mesma entrada.

Os três ficaram quietos. Por não terem outra opção, calçaram os sapatos e foram andando. Após cruzarem um riacho, Rezende parou e ficou olhando para cima.

— Vocês podem achar que sou apenas um rostinho bonito, mas sou muito bom em Geografia e Biologia. — Apontou para o falcão pousado na copa da árvore à frente deles. — Enquanto andava, fui reparando na vegetação e nos animais. — Virou-se e analisou calmamente tudo ao seu redor. — Pelo que dá para ver, ainda estamos nos Estados Unidos. Aliás, para estarmos respirando, só podemos estar na Terra mesmo. — Sorriu, lembrando-se de que, se estivessem em outro planeta, provavelmente teriam morrido asfixiados. — Essas árvores são tipicamente americanas, como também eram os guaxinins e o esquilo-cinzento que vi. Finalmente, o falcão-peregrino. — Apontou para a árvore. — Uma de minhas aves favoritas e comprovadamente parte da fauna dos Estados Unidos.

Alex e Julie olharam para Rezende, mas não disseram nada. Julie, frustrada, simplesmente foi em frente, sem nem olhar para trás, mas, pouco adiante, parou e voltou correndo.

— Vocês não vão acreditar... — sussurrou Julie e, depois, pediu silêncio com o dedo sobre os lábios. — Venham ver.

Rezende e Alex a seguiram e, realmente, quase não acreditaram, pois, no meio de uma clareira, lá estava ela: uma nave prateada em forma de um charuto enorme, com uns cinquenta metros de comprimento.

Os três mal conseguiam respirar.

Fora da nave, dois reptilianos sem cauda, cujos longos braços e mãos grandes empunhavam pistolas e conversavam.

Sem fazer ruído, Julie chamou os dois e se afastou da área. Depois de recuperar o fôlego, porque achava que ia ter um ataque cardíaco de tanta ansiedade, explicou as informações que Ava sempre lhe dava sobre esse tipo de coisa.

Como não tinham sinal de celular ou qualquer outra ideia, resolveram entrar na nave para ver se encontravam Ava. Assim, voltaram para o ponto onde estavam e, quando os reptilianos se afastaram da frente da porta, correram até lá.

Um erro clássico. Répteis têm uma audição privilegiada e uma agilidade incrível. Eles perceberam cada passo e, a poucos passos da entrada da nave, foram capturados por uma armadilha.

16

— ALEX... — ESPEROU O AMIGO RESPONDER E, DEPOIS, CONTINUOU: — Lembra que eu sempre te dizia que a gente ainda ia ver uma nave durante nossos saltos? Ent...

Seu rádio saiu do ar no momento em que Ava foi teletransportada por duas espirais brilhantes. Quando abriu os olhos novamente, estava sentada na mesma base hexagonal que, desta vez, estava mais iluminada.

Levantou-se e, ao se arrumar, reparou que seu equipamento de voo havia sumido. Estava curiosa, claro, mas, ao mesmo tempo, revoltada. Fora abduzida enquanto sobrevoava o mar, assim, se seu parapente não estava em suas costas, só poderia estar no fundo do oceano, ou seja, havia perdido o presente que a tia lhe dera e teria que explicar o que aconteceu.

Descendo da base hexagonal, teve vontade de xingar.

— Ava? — disse Eydran surgindo de uma porta que se abriu muito perto dela.

Vestia o mesmo dólmã cinza-claro e trazia, na altura do coração, um símbolo com uma estrela dourada de sete pontas.

— Sente-se. — Indicou algumas cadeiras que flutuavam, sem pés, um pouco afastadas das principais, que flutuavam perto do vidro pelo qual Ava conseguia ver Malibu. — Pensei muito em você nos últimos dias, por assim dizer.

Pronto, era realmente um *stalker*. Já podia ver o próprio corpo pendurado em uma árvore de alguma floresta tropical obscura qualquer e seu crânio exposto como um troféu na nave do alienígena de *O Predador*.

Observando-o andar à sua frente, avaliou seu porte para saber se ele era perigoso ou não. Que era bonito, era, mas talvez Ava o achasse atraente porque aqueles cabelos tão claros lembravam muito os de seu pai.

— É melhor nem começar a me achar bonito, Ava, porque funcionamos de jeitos muito diferentes. Nossas espécies, digo. — Virou-se, olhou para ela de relance e encontrou-a com os olhos arregalados. Depois, indicou a cadeira onde ela poderia se sentar e fez o mesmo. Cruzou as pernas e continuou: — Meu povo evoluiu de forma a dar prioridade a sentimentos coletivos, que beneficiam o planeta como um todo. Do jeito que vivemos, há harmonia. Desenvolvimento. Paz. — Suspirou, procurando um jeito de explicar de maneira simples e direta para que ela, finalmente, conseguisse entender. — Veja bem.

— Veja bem o quê? — Ava se mexeu na cadeira, desconfortável. — Vai, fala que sou uma pessoa atrasada e que não entendo nada de nada. Inclusive, o que estou fazendo aqui?

— Chegaremos lá. — Olhou ao redor e fixou-se na praia de Malibu, que ainda podia ver pelo vidro. — Primeiramente, calma. — Ajeitou-se melhor e checou o aparelho que trazia no pulso e parecia um celular. Tocou a tela, que se acendeu, e, depois, clicou em alguns ícones. Alguns segundos depois, continuou: — O que estou tentando dizer é que minha espécie ultrapassou as limitações do corpo, ou seja, não nos entregamos a sentimentos com interações corpóreas, que podem nos colocar em perigo, entende? — Encarou-a. — Conforme evoluímos, desenvolvemos poderes psíquicos e, por meio deles, criamos uma conexão coletiva que é mais profunda e verdadeira que a física, que vem sempre cheia de expectativas e idealizações, como a de você me achar bonito, por exemplo. — Olhou para o dispositivo no pulso mais uma vez, ligou-o e, novamente, aplicou os mesmos comandos. — Está mais calma agora?

Ava, invadida por uma onda de tranquilidade, mal ouvia o que Eydran falava.

— Ava? — Clicou novamente no dispositivo e apertou os ícones da direita. — Está tudo bem? Sente-se melhor, menos frustrada?

— Não. Ainda não sei o que está acontecendo ou por que estou aqui.

— Como disse, chegaremos lá. — Mostrou o dispositivo no pulso para ela e, no momento em que tocou a tela, ela se acendeu. — Lembra-se de que te disse que usamos métodos éticos? Este é um deles. Chama-se PD72 e funciona em conjunto com o chip que implantei no seu braço.

Ava bufou e, sem conseguir controlar o impulso, coçou a cicatriz minúscula com ódio. Ético. Claro que era ético. Superético para dizer a verdade. Só não seria ético se ninguém tivesse pedido a autorização dela, claro.

— Não é assim. Nem sempre conseguimos explicar ou fazer com que a espécie monitorada entenda, especialmente aquelas que ainda estão muito ligadas à sua forma física, como acontece aqui na Terra, sabe? — Estalou as costas, que o incomodavam um pouco por causa da posição e sentou-se direito. — Vou resumir: meu planeta faz parte da Federação Intergaláctica e, por isso, nos comprometemos a, por meio desse chip, estudar a evolução e a diversidade dos seres sencientes que surgem no universo. Assim, mantemos uma política de não interferência. — Sorriu de leve. — É claro que tive que colocar seu chip sem sua autorização. Sei disso, Ava. Não precisa ficar me olhando desse jeito. — Tocou a tela do PD72 e analisou-o novamente para se assegurar de que ela estava bem. — Só desejamos evitar desgraças, por assim dizer, pois precisamos entender e evitar quaisquer conflitos que possam afetar o equilíbrio do universo. Não pretendo parecer arrogante, mesmo que meu discurso possa te levar a chegar a essa conclusão. Não quero me colocar, nesta conversa, como um super-herói, mesmo que vocês ainda se apeguem tanto a esse conceito. O que estou dizendo é que o universo é regido por leis muito complicadas, que podem se desequilibrar com um piscar de olhos. — Fechou os olhos, suspirou fundo e, depois, sorriu de maneira quase imperceptível. Encarou-a e continuou: — Percebo que você conhece aquele filme *Efeito Borboleta*. É assim que o universo funciona. A única coisa que nós, pleiadianos, tentamos fazer é nos assegurarmos de que todos convivam em paz e de maneira benéfica. Em resumo, trabalhamos para um bem comum, mas nem todo mundo faz parte da Federação ou pensa que a harmonia é um objetivo nobre, por isso me pediram para te proteger nos últimos dias.

Ava ficou em silêncio. Suspirou e cruzou as pernas para o outro lado procurando alguma coisa para fazer, pois não sabia nem como continuar aquela conversa. Que importância ela tinha naquele contexto? Por que precisava ser protegida? O que ela ameaçava?

— Tá. Blá-blá-blá evolução e *good vibes*, basicamente — ironizou um pouco com a barra da calça procurando as palavras certas para dizer, mas sua mente era um vazio. Encarou Eydran. — O que não entendi é: quem te pediu para me proteger?

— SEU PAI.

17

– NÃO. MEU PAI ESTÁ MORTO! NÃO BRINQUE COM ISSO. – AVA SE levantou, coçou o couro cabeludo com raiva e colocou a mão esquerda na cintura. Com a outra, gesticulava como se sua palma fosse capaz de dizer mais que sua garganta: — Pare com essa conversa. Agora, você vai me dizer que sou alienígena e que estou trabalhando disfarçada na Terra. Só falta.

— Ava... — Eydran acessou o dispositivo em seu pulso e apertou alguns ícones para estabilizar seu humor. — Não seja sarcástica ou assuma essa postura defensiva que só piora as coisas. Estou tentando te explicar o que está acontecendo. Só isso.

— Tá. — Sentou-se, arregaçou as calças e cruzou as duas pernas. — Continua, então. Não que eu acredite em você...

— Pois bem. — Desligou a tela do dispositivo e mexeu-se de modo que sua cadeira se virasse mais para ela. — Primeiramente, o que você sabe. Seus pai...

— Se eu já sei, deixa que eu conto. Mãe: Grace Campbell. Pai: Adam Campbe...

— Ava, calma. — Acessou o dispositivo normalmente para deixá-la menos brava. — Vou tentar te explicar da maneira mais simples possível. Seu pai, conhecido na Terra como Adam Campbell, se chama, na verdade, Ashtar Sheran e é o Comandante Supremo da Federação Intergaláctica. — Aguardou alguns segundos, mas ela não o interrompeu. — Seu pai nasceu em Plêiades, nosso planeta. Aqui na Terra, vocês usam esse nome para se referir a um grupo de estrelas que fica na constelação de Touro, e vocês não estão errados. — Fez uma pausa, novamente esperando que ela se manifestasse, então continuou: — Vocês só não sabem que vivemos em outra dimensão, onde há um planeta chamado, também, Plêiades e nosso sol central, Alcyone.

— E o que meu pai tem a ver com isso? — Não olhou para Eydran. — Você acabou de me dizer que ele é alienígena e eu nem pisquei, porque já está ultrapassando o limite, mas... Vamos, me conta como ele pediu para me proteger, porque Adam Campbell, Ashtar Sheran ou qualquer outro nome inventado, está morto.

— NÃO, AVA. SEU PAI ESTÁ VIVO. — Eydran acessou o dispositivo novamente, porque não estava gostando das reações dela e interviria se necessário. — Ele, como você bem sabe, morava com sua mãe em Roswell, mas visitava a Área 51 com frequência. O problema era que, como sua mãe queria te criar na Terra, seu pai não podia te dizer nada, muito menos fazer contato com você até seus dezoito anos, o momento em que você descobriria fazer parte de dois mundos e teria maturidade para escolher em qual deles quer viver. — Monitorou os sinais vitais dela para ter certeza de que tudo estava normal. — E seu sonho, aqueles recorrentes, está certo. Sua mãe foi atacada e faleceu, como você viu, mas vocês eram monitoradas, então a Federação te abduziu a tempo, mas essa parte da sua memória foi apagada.

— O que mais apagaram?

— Não tenho como acessar esse tipo de coisa, mas posso continuar te contando sua história, se quiser.

— Olha, o que eu quero é ver meu pai. — Encarou Eydran muito séria, como se quisesse partir para cima dele para comprovar se aquela história era verdade. — Se ele está vivo mesmo, quero ver com meus próprios olhos e é agora.

— Ava... Isso não vai ser possível. — Olhou para ela procurando algum sinal de seu humor, mas não conseguiu. Via apenas a imagem de um muro, que não entendeu, então prosseguiu assim mesmo. — Estou aqui como um representante dele, que pediu que eu a protegesse. Por segurança, vocês não podem se encontrar ainda.

Ava permaneceu em silêncio. Ouviria calada só para ver até onde aquela revelação chegaria.

— Voltando à sua história, você nasceu em Plêiades, mas veio para cá com poucos meses de vida. Durante um tempo, a vida de vocês foi tranquila, mas, depois, começaram os ataques. Primeiro, em Roswell. Depois, na casa onde sua mãe morreu, que ficava mais ou menos na mesma região, mas no meio do nada. Ela tinha planos de viver contigo em uma cidade enorme, mas não teve tempo. Já seu pai queria te levar de volta para Plêiades para te proteger, mas Lya, a melhor amiga da sua mãe, o enfrentou e conseguiu te criar aqui, do jeito que Grace queria.

— Mas e a Pedra de Roswell, e os alienígenas malvadões que mataram minha mãe... e aí?

— A primeira é uma história comprida que não vou ter tempo para te contar agora. Já sobre o ataque, são informações confidenciais. Não posso revelar.

— OK. — Levantou-se, ajeitou as calças e bateu nas coxas como se estivesse tirando pó. Queria ir embora, queria qualquer coisa para não continuar a ouvir aquele lenga-lenga. Queria é conversar com uma pessoa de verdade, e não aquele... robô. — Sou parte alienígena. Meu pai está vivo, mas minha mãe morreu mesmo. Blá-blá-blá, em Plêiades somos muito evoluídos e não temos sentimentos, o que vale é o coletivo. Tá. Mais alguma coisa ou já posso voltar para casa? Tenho lição de casa para fazer.

— Ava, nem começamos seu treinamento ainda.

Ela havia completado dezoito anos, sua vida estava em risco... sair sem estar preparada para enfrentar os inimigos era garantia de ter o mesmo fim da mãe. Não parecia haver escolha. A rebeldia simples agora estava bem associada à morte.

18

— OK. TREINAMENTO PARA DESENVOLVER AS HABILIDADES pleiadianas que estão dormentes nos meus genes, isso eu entendi, Eydran. — Ava se perguntou o que tinha visto naquele panaca. — Sei que vocês são meio contra esse negócio de sentimentos, como você mesmo disse, mas será que dá para ser mais rápido? Pode explicar mais depressa?

Eydran ficou calado, sem saber como responder. Tinha aprendido a defender o coletivo, a dar a vida por Plêiades, mas nunca precisou parecer interessante. Aliás, até aquele momento, ele tinha certeza de que suas falas eram significativas e mereciam ser ouvidas, mesmo que longas.

— Ô, Eydran... — Bateu palmas. — Acorda! Vamos! Treinamento.

Eydran se sentiu desconcertado pela primeira vez na vida. A experiência com Ava era desafiadora. Seu coração batia rápido, estava completamente perdido. O frio na barriga, as mãos um pouco suadas, aquelas sensações para ele eram novas e soavam como um absurdo.

— Pois bem. — Respirou fundo para recuperar o equilíbrio e para limpar a mente daquela confusão, tocou alguns dos botões do painel que ficava à direita. — Comecemos.

— Não. — Ava sentou-se, esticou o antebraço e bateu com o indicador algumas vezes sobre a cicatriz. — Antes de qualquer coisa, não quero ficar pensando que estou em um *reality show*. Tira esse chip, porque não dá. — Balançou a cabeça. — Já tenho que aceitar coisa demais para deixar isso aí. Nasci livre, quero continuar assim.

— Mas você é livre, Ava. — Eydran se afastou um pouco e encostou-se em uma bancada próxima. Cruzou os braços e continuou: — Suas conversas nunca foram ouvidas e todo monitoramento que fiz foi apenas para mantê-la segura de ameaças não humanas, por ordem do seu pai, e seguiu a ética pleiadiana à risca.

— Não quero nem saber.

Ava encarou-o, ainda com o braço esticado.

— Então você se entenda com seu pai quando vocês se encontrarem.

— Foi até a mesa de comando, e Ava o seguiu. Do painel, retirou uma pequena peça retangular de metal.

Clique.

— Ai!

— Sua sensibilidade à dor vai melhorar com o tempo. O que importa é que o chip não está mais aí. Era o que você queria, não?

Eydran se afastou de Ava e foi até a cadeira central, um pouco mais elevada que as demais. Ao se sentar, sua mesa se ativou, projetando uma tela rodeada de dispositivos de metal prateado em dois tons e, depois, telas holográficas à sua esquerda e à sua direita.

Ava observava. Ao mesmo tempo que desejava muito entender o que estava acontecendo, era tudo tão demorado e tedioso que tinha vontade de fugir dali.

— Vai demorar muito?

Eydran não respondeu. Apertou um botão na parede e uma porta se abriu. Ava reconheceu o quarto, estiveram ali no primeiro encontro.

— Por favor, sente-se ali. — Eydran apontou para a cama. — Você poderia levantar a manga do seu casaco?

Ava não disse uma palavra. Sentada na cama, observou uma cúpula se fechando por cima e se deitou. No momento em que tocou o colchão, Ava foi imobilizada por correias que se prenderam a seus pulsos, tornozelos e cintura.

— Processo de ativação de DNA pleiadiano ativado — disse a voz de Eydran pelo alto-falante.

Ele monitorava tudo de um canto do quarto.

Um gás branco desceu pelo teto, o que foi o suficiente para que Ava não conseguisse respirar direito. Tentou gritar ou se soltar, mas não conseguiu.

— Processo de ativação finalizado — disse Eydran no momento em que o gás foi sugado. — Processo de alteração de genes humanos iniciado.

Os punhos de Ava foram perfurados por agulhas grossas, então um líquido denso e oleoso se espalhou por seu corpo junto com uma câimbra leve. Depois, outro líquido foi injetado em seu corpo, o que aliviou todo o seu desconforto.

— Processo concluído.

Com um clique, as agulhas se retraíram, os cintos destravaram, e o vidro se abriu.

— Vou te dar alguns minutos para se recuperar.

Ava abriu os olhos ao ouvir a voz de Eydran. Estava tonta e seus ouvidos, meio surdos. Sentou-se devagar, esperando não cair no chão. Sua visão ainda estava turva, deixando tudo claro e distorcido.

— Peço desculpas pelo incômodo físico. Não podemos usar anestesia nesse procedimento, porque ele ativa sua força, seus poderes e seus sentidos.

Ava pulou da cama e deu alguns passos rápidos. Então, estalou o pescoço para os dois lados e arrumou o cabelo.

— Não sinto diferença alguma. — Ajeitou a calça, baixou a manga do casaco e virou-se, tentando enxergar a parte de trás de seu corpo. Encarando Eydran, disse: — Tem certeza de que as injeções que usou estavam todas na validade?

Eydran não respondeu. Não ia alimentar o sarcasmo que ela utilizava em seus comentários só para deixá-lo sem graça.

— Feche os olhos. — Eydran se afastou um pouco para não interferir em um processo que era só dela. — Temos que fazer com que seu corpo aprenda a usar tudo que foi ativado em você. Para isso, temos que treinar. Vou te dar umas instruções, você só tem que sentir e fazer.

Ava não parava de tentar examinar o próprio corpo para ver se havia alguma coisa diferente.

— Ava... — Eydran bateu palmas para chamar a atenção dela. — Pense. Queira voar.

Ava sorriu e esticou os braços para cima, como sempre fazia no momento em que pulava com Alex. Nesse momento, sentiu o corpo ser empurrado para cima e abriu os olhos, notando o feixe de luz branca que tinha aparecido debaixo de seus pés.

— Se quiser, podemos treinar em outro lug...

— Não se preocupe. — Ava ia de um lado para o outro como se nunca houvesse sequer cogitado colocar os pés no chão. — Voar é maravilhoso, fácil. Sempre foi o meu sonho. — Tocou o piso e, depois, em uma fração de segundo, o teto. — Bem mais fácil do que controlar um parapente, Eydran. — Flutuou até a cama e, descendo o corpo bem devagar, deitou-se. — Bem mais fácil. Até aqui, está tudo tranquilo.

Eydran franziu as sobrancelhas e observou-a. Julgava que teria mais trabalho para ensinar-lhe, mas aprendia as coisas muito rapidamente.

— Só que não dá para a gente voar assim para tudo. — Puxou uma cadeira, levou-a para perto da cama e continuou, pois não queria que ela dormisse sem fixar seus poderes. — Tem horas em que usamos portais, como aqueles que você abriu. — Esticou os braços e, com as mãos, fazia gestos para explicar melhor. — Todos nascemos com campos áuricos únicos, mas cada espécie compartilha similaridades, por assim dizer. Pense em sua digital. — Mostrou o dedão direito para Ava e, com o indicador, bateu na pele dele algumas vezes. — Ela é única, porque é sua. Só que todos os seres humanos têm digitais. Campo áurico único: a sua digital, a sua individualidade. Campo áurico da espécie: a digital, o padrão que reconhecemos como uma digital. Não sei se deu para entender.

— Tá. — Ava virou-se de lado e apoiou a cabeça no braço direito, apertando o travesseiro com a mão esquerda. — Mas e daí?

— E daí que você tem que aprender a captar a energia e a frequência desses portais para que possa usá-los, mas você precisa ter cuidado, porque há portais criados por espécies hostis, que funcionam de um jeito um pouco diferente.

— Tem algum *app* que ajude a achar?

— Claro. — Eydran bateu na própria cabeça com os nós dos dedos. — Seu cérebro. Com ele, você pode fazer tudo. Lembra aquela base hexagonal em que você acordou? Aquele é nosso aparelho de teletransporte. — Apontou para lá. — Por meio dele, você pode ir ou voltar de qualquer portal criado pela Federação e entrar na minha nave. Se eu autorizar, claro. Assim, caso precise, pode sempre mentalizar minha nave e aparecer aqui caso eu esteja na Terra. — Levantou-se e foi até a porta. Antes de sair, virou-se e convidou: — Quer testar suas habilidades?

No caminho até o aparelho de teletransporte, Eydran continuou explicando os pormenores do funcionamento dos portais. Bóson de Higgs, partículas, tantas coisas e em tantos detalhes, que ela só faltou dormir, por mais que olhasse para todos os cantos que ele apontava enquanto falava. Era interessante? Claro que era. Ela adorava Física e Astronomia, por mais que não fosse especialista nos assuntos, mas até os professores menos didáticos de sua escola explicavam conceitos complexos de maneira mais rápida e divertida.

— Já entendi. — Foi até a base hexagonal. — Tenho que ficar aqui, porque o teletransporte está conectado a vários portais. Inclusive, se eu quiser, posso vir até aqui se mentalizar sua nave, e ela estiver na Terra, confere? — Olhou para Eydran e deu de ombros. — Basicamente, é só visualizar e pronto, não é?

Eydran não respondeu, um pouco ofendido com o tom de voz dela e com sua atitude de pouca paciência, algo que, por mais incrível que pudesse parecer, também estava fazendo com que ele perdesse a dele, então fechou os olhos bem forte, respirou fundo e recuperou o controle.

— Nossa, não preciso nem fechar os olhos para ver. — De braços abertos, deu alguns giros sobre a base hexagonal, sorrindo. — Sinto que posso me conectar a todos eles: Estátua da Liberdade, Stonehenge, Cristo Redentor, Muralha da China, Tower Bridge... Aparecem para mim como pontos brilhantes. É isso mesmo?

— Exatamente. Agora, tente captar os menos intensos, mais sutis, chamados portais pentadimensionais, que também foram criados pela Federação. — Eydran encarou-a. Ela ainda girava como uma criança, o que, para ele, era quase ofensivo, pois seus genes pleiadianos haviam sido ativados. — Consegue?

— Pentadimensional? — Ava arregalou os olhos e sorriu. Depois, flutuou mais um pouco, fingindo estar deitada em uma cama. — Do que você está falando?

— Aqui na Terra, vocês identificam apenas três dimensões. O portal pelo qual você falou com seu amigo, por exemplo, era um portal tridimensional e era translúcido. Agora, o portal pentadimensional faz com que os seres que ainda estão presos a três dimensões não te vejam, ainda que você possa vê-los como se fossem meio que fantasmas, sabe?

— Sei. — Fechou os olhos, se concentrou e esticou o braço. Ao sentir algo meio gelatinoso e gelado, abriu-os novamente. — Tipo, este?

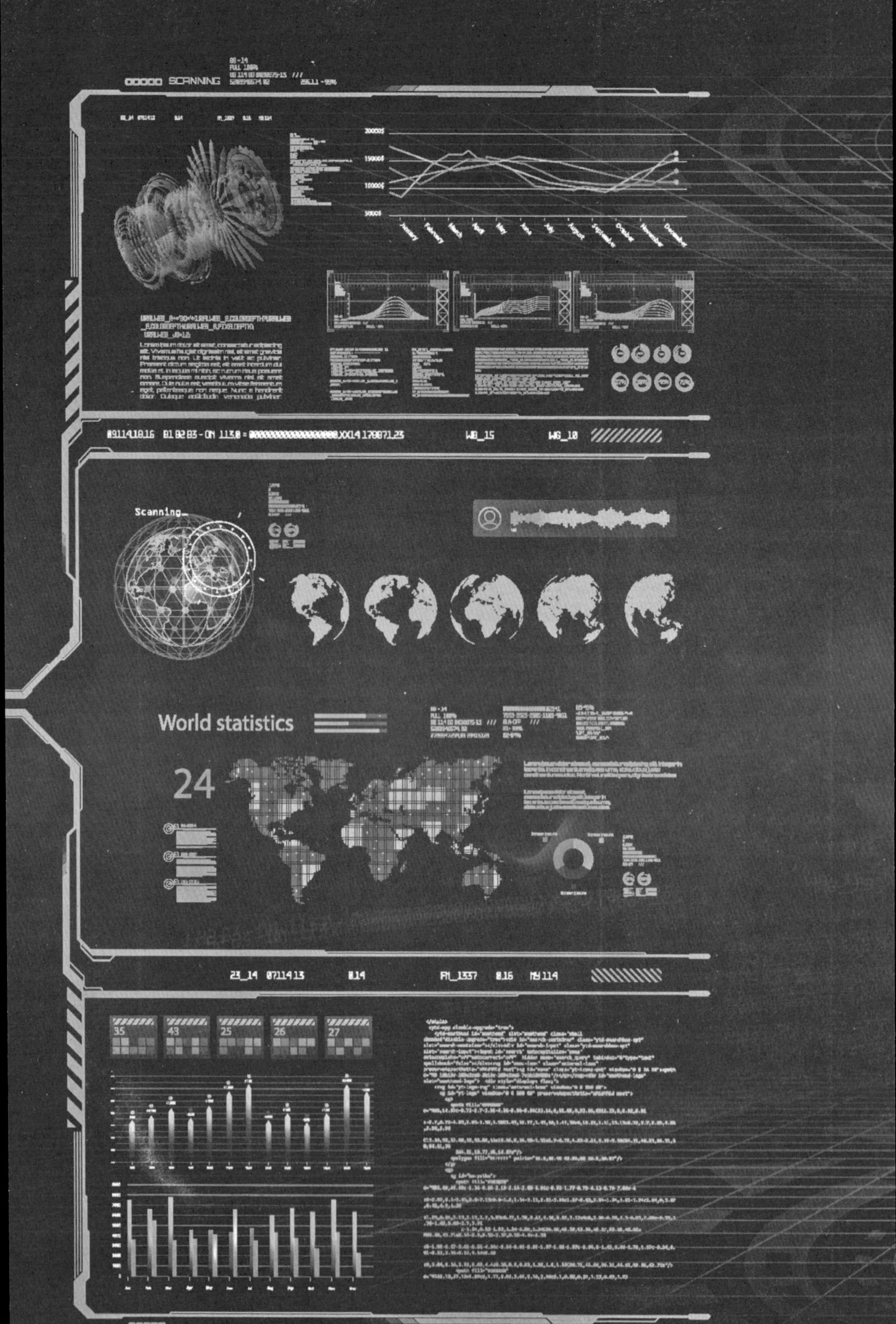
SCANNING
Scanning_
World statistics
24
WB_15
WG_10
35
43
25
26
27

19

EYDRAN FICOU MARAVILHADO COM A FACILIDADE COM QUE AVA aprendia a usar seus poderes. Em poucas horas, havia aprendido a manipular a gravidade para poder voar e ainda tinha aberto um portal normal e um pentadimensional, então achou que era a hora de lhe dar o presente que Ashtar havia enviado.

Pressionou um botão na mesa de comando, e uma porta se abriu, revelando um majestoso cavalo alado, todo branco, que foi até eles e abaixou a cabeça para que Ava acariciasse sua crina.

— O nome dele é Tulpar. Pertencia à sua mãe. — Eydran tirou do bolso uma delicada corrente com um apito semelhante ao usado no adestramento de cães, e a colocou no pescoço de Ava. — É bem simples. Com o zíquel... — Segurou o apito e fingiu assoprá-lo. — Você pode chamá-lo. Se quiser que ele vá embora, diga a palavra *swidy*. *Swidy*, na língua pleiadiana, significa "você pode ir" ou "vá".

Ava teve vontade de assoprar o zíquel, mas conteve-se. Tulpar era uma das criaturas mais lindas que ela já vira na vida, então queria passar mais tempo admirando-o. Mesmo sem cela, montou, e ele a aceitou.

— Calma, ainda não terminei.

Quis olhar para Eydran e revirar os olhos por ele interromper um momento tão bonito, mas não teve tempo.

— Antes que você vá, escute. Cuidado com os reptilianos e, sempre que puder, mantenha-se o mais longe deles possível. — Eydran foi até uma das mesas de controle, tocou em alguns ícones e fez com que a imagem do reptiliano que rondara a casa de Ava aparecesse em uma tela enorme. — Este, por exemplo, como você bem viu, não estava na sua casa para tomar chá contigo. O chip que você tinha no braço me ajudou no monitoramento. Sua tia ficou bem preocupada.

— Como ela soube?

— Ela também tem um PD72, então meio que viu em tempo real. Ligou para o seu pai reclamando, pedindo providências, e a Federação ordenou que eu o detivesse ou o destruísse. Quando entrei em contato com a nave deles e os ameacei, teletransportaram o espião de volta. Portanto, cuidado.

Eydran indicou uma área da nave, e Ava foi até ela com Tulpar. Ao se aproximar, notou que o piso era decorado com o símbolo da Pedra de Roswell e arregalou os olhos.

— Sei bem o que você está pensando. — Eydran executou um procedimento na mesa de comando, e aquela área do piso se abriu. — Quando tivermos mais tempo, podemos conversar sobre a Pedra de Roswell. Por enquanto, volte para sua casa.

Ava, louca para voar em seu cavalo alado particular, nem olhou para trás. Bateu com os pés delicadamente em sua barriga, e o animal, talvez com tanta vontade de voar quanto ela, disparou pela abertura e ganhou o céu.

A primeira coisa que Ava sentiu foi o vento, ainda carregado com o cheiro da chuva, que já havia passado. Segurando na crina de Tulpar, indicou, com muito cuidado, a direção que deveria seguir para voltar à praia de Malibu, onde achava que seus amigos a esperavam.

Ao pousar, Tulpar jogou areia para todos os lados, o que fez Ava rir e abraçar seu pescoço. Depois, desceu e acariciou seu pelo macio e suas asas de anjo. Enquanto admirava o brilho que a lua espalhava sobre o corpo dele, riu novamente. Sabia que muitas meninas pediam pôneis de aniversário quando pequenas. Sabia que muitos meninos sonhavam em ganhar carros quando tirassem suas carteiras de motorista, mas ela nunca imaginara que, ao completar dezoito anos, teria o meio de transporte mais legal da Califórnia toda — ou da galáxia.

Rezende que morresse de inveja.

Tulpar era tão branco quanto aquela McLaren da qual ele tanto se orgulhava, mas era muito mais bonito e, por que não, ecologicamente correto.

Olhou para o céu, calculando o horário pela Lua, e se preocupou. Tinha que encontrar os amigos, então passou a mão mais uma vez no pelo de Tulpar e, depois, disse:

— *Swidy*.

Maravilhada, admirou a beleza de seus movimentos. Com suas pernas fortes, começou a galopar e, pouco adiante, abriu as asas e levantou voo, desaparecendo na escuridão do céu.

Agora, tinha que encontrar Julie, Rezende e Alex, que deveriam estar muito preocupados... e decidir o que poderia contar a eles... afinal, se ela era um alvo, pelo menos tinha poderes. Seus amigos, não.

20

SE CONSEGUIRA ABRIR UM PORTAL TÃO FACILMENTE, SERÁ QUE não conseguiria encontrá-los só de pensar? Estava cansada e nenhum deles atendia o celular, que ia direto para a caixa postal.

Preocupada, sentou-se na areia e procurou lembrar o que sentira quando usara seus poderes pleiadianos pela primeira vez. Eydran havia dito que a espécie dele conseguia fazer diversas coisas, assim Ava, por ser parte pleiadiana, também conseguiria. Não tinha como dar errado. Era só pensar e fazer, como ocorrera há pouco tempo. Assim, fechou os olhos e tentou se concentrar.

Quando pensou nos amigos, a única resposta que recebeu foi um portal, que estava aberto perto dali.

Tentou novamente.

Mesma coisa.

De duas, uma: ou não sabia se conectar ao GPS mental de seus amigos ou só sabia localizar portais. Para tirar a dúvida, levantou-se e foi caminhando até lá.

De longe, identificou a mochila de Alex, então correu, pois sabia que ele jamais a deixaria largada por aí, ainda mais com o pai que tinha. Agachada, abriu o zíper e procurou por algum sinal que lhe indicasse onde eles poderiam estar, mas não havia nada.

Levantou-se, muito frustrada, e chutou a mochila. Quando olhou para a frente, viu que, logo adiante, um portal aquoso, exatamente como o que abrira com Eydran, permanecia aberto. Aproximou-se e sentiu que a frequência era bem diferente daquela que ela havia conhecido, então provavelmente não era um portal da Federação. Sentiu medo, mas tentou afastar pensamentos ruins. O que ela sabia é que se a mochila de seu amigo estava largada na frente de um portal aberto por uma espécie hostil, isso queria dizer que ela não tinha escolha, então o atravessou.

Como não sabia onde estava, resolveu ficar acima das árvores, de maneira bem discreta, para investigar o local antes. Conforme subia, foi observando as árvores e não as achou tão diferentes assim das que vira com Lya nas tantas vezes em que viajaram juntas.

Feliz por sentir o corpo leve e os pés longe do chão, Ava sorriu e, calmamente, fez com que seu corpo se elevasse mais um pouco. Quando ultrapassou a copa das árvores, deu de cara com a enorme nave em formato de charuto, o que fez seu estômago gelar e perder toda a flutuação. Até cair.

Merda.

Sentada na grama, massageou a coxa direita, pois havia caído de mau jeito. Pouco depois, finalmente, conseguiu pensar direito.

Adorava voar, mas nunca tinha caído de uma altura razoável antes.

Nos poucos segundos que duraram aquela queda, realmente achou que morreria, então se levantou, limpou as mãos nas calças e resolveu pensar em qual seria a melhor coisa a fazer. Eydran havia recomendado que se mantivesse longe dos reptilianos, mas se quisesse encontrar os amigos, teria que ir até aquela nave, então foi o que fez, mas a pé.

Pouco antes de chegar, escondeu-se para entender se conseguiria entrar na nave. Do lado de fora, vigias armados conversavam despreocupados, então esperou uma chance.

Depois de um tempo, um dos reptilianos se afastou. De onde estava, Ava não conseguia entender exatamente o que estava acontecendo, mas podia sentir que ele estava desconfiado, pois, com a arma na mão, saiu para investigar alguma coisa perto da entrada da floresta.

Poucos segundos depois, ele gritou, então o outro vigia foi correndo até lá, o que deu a Ava a chance de correr até a nave. Enquanto subia a rampa de acesso, conseguiu ouvir um deles reclamando, e o outro rindo, ou seja, não havia nenhuma ameaça grave, então apressou o passo.

— Me tira daqui, desgraçados! — gritou Rezende enquanto batia em um campo de força invisível. — Quem vocês acham que são?

Ao ouvir o sotaque brasileiro, Ava correu. Precisava descobrir onde ele estava. Para sua sorte, reconheceu as vozes de Julie e Alex.

— Gente... — sussurrou e se aproximou de onde os três estavam presos. — Como vocês vieram parar aqui?

— Ava! — Alex foi até Ava e bateu com o punho no campo de força, bravo. — Estávamos te procurando. Você sumiu durante o voo. Você está bem?

— Na medida do possível, para dizer a verdade. — Aproximou-se do amigo e, com a mão sobre a dele, do lado de fora do campo de força, pensou que estava mais ferrada do que quando Lya a pegara entrando pela janela. — Tenho que tirar vocês daqui.

Com o indicador sobre os lábios, pediu silêncio e saiu pelo corredor, torcendo para que ninguém a encontrasse.

Tentou a primeira porta, mas estava trancada.

Já a segunda se abriu para revelar uma mesa retangular de vidro e um enorme armário de armas, pelo menos ela julgava que fossem armas. Por mais que soubesse voar, abrir portais e ter um cavalo alado, nenhuma dessas habilidades a ajudariam a acabar com aquele campo de força, então tomou a decisão mais óbvia: escolher alguma arma que pudesse causar um dano considerável e esperar que desse certo.

Assim, colocou uma coisa redonda, que parecia um tipo de granada, no bolso do casaco. No entanto, antes que pudesse pegar mais, ouviu passos no corredor.

Droga.

Com o coração a mil, entrou no armário e puxou as portas para se esconder. Através de uma pequena fresta, viu um reptiliano se sentar à mesa e, com a palma da mão, acionar alguns comandos holográficos no vidro do tampo.

Sem saber como libertar os amigos, pegou o celular e começou a gravar, porque, se preciso fosse, entregaria o vídeo à Federação e o mostraria a Eydran pedindo orientação.

Enquanto filmava, viu que a imagem de outro reptiliano surgiu sobre a mesa e os dois começaram a conversar na língua deles.

Poucos minutos depois, a imagem do holograma desapareceu, e o alienígena se levantou e saiu. Ava guardou o celular no bolso interno do casaco, saiu do armário e da sala e voltou para o corredor.

Droga.

Um reptiliano guardava a passagem a poucos passos dali.

Entrou na sala novamente, encostou-se na parede e respirou fundo tentando se acalmar. Depois de alguns segundos, abriu-a novamente e colocou o rosto para fora. Finalmente, o caminho estava livre, então correu.

Quando ouviu passos vindo em sua direção, deu meia-volta e seguiu para o outro lado, julgando ter mais chances de permanecer viva e de salvar os amigos.

Saiu em uma área grande, que parecia ser uma sala das máquinas. Pé ante pé, foi seguindo, mesmo sem entender nenhuma daquelas enormes peças de metal que brilhavam e se mexiam de um jeito que nunca havia sequer imaginado que pudesse existir.

No meio do caminho, parou. Estava indo na direção errada. Seus amigos estavam do outro lado e seria muito arriscado tentar dar a volta toda na nave para tentar chegar à área onde estavam presos, pois ela não conhecia a planta dos corredores, então virou-se e começou a voltar.

Droga de novo.

A poucos passos da saída, deu de cara com um bando de reptilianos que estava entrando.

Por alguns segundos, Ava congelou.

Seu treinamento com Eydran havia começado naquele dia mesmo, não sabia nada sobre o funcionamento de máquinas reptilianas e tinha sido avisada para se manter bem longe deles, que eram uma espécie hostil, mas, ao contrário do que esperava, sua cabeça não estava confusa. Na verdade, seus pensamentos eram calmos e ordenados e seu corpo sabia exatamente o que fazer.

Com um grito, Ava soltou uma onda que fez com que eles se afastassem e, aproveitando a oportunidade, correu.

Pouco adiante, virou-se.

Seu corpo foi tomado por uma certeza gelada que percorreu seus músculos e fez com que sua mão pegasse a "granada" que havia escondido no bolso. Em um movimento perfeito, que sentiu em seu corpo como a leitura de uma sentença, estendeu o braço para trás e lançou-a na direção deles.

O impacto foi tanto que a sala das máquinas começou a explodir.

Correu.

Precisava encontrar os amigos e fazer com que saíssem de lá sãos e salvos. Provavelmente, encontraria dezenas de reptilianos vindo em sua direção pelo corredor, mas não se importou. Se tivesse que matar novamente, o faria, mas o faria porque precisava defender as pessoas que amava, que não eram impermeáveis a sentimentos, como seu pai, por exemplo, e Eydran.

Ela era híbrida? Metade humana, metade pleiadiana? Sim, era. Havia comprovado isso na prática há poucos minutos, inclusive, mas, para Ava, descobrir seu DNA alienígena era apenas adicionar habilidades extras à sua condição humana e, para ela, era uma adição... tinha o melhor dos dois seres. Não era como uma pedra de gelo como Eydran.

Droga novamente.

Era humana, e com orgulho, isso sim.

Foi com esse pensamento que viu Julie e Rezende correndo na direção da rampa de acesso. De longe, preocupou-se, pois não viu Alex.

— O que aconteceu? — perguntou, puxando Julie pelo braço.

Quando ela se virou, Ava viu as lágrimas e entendeu.

— Vamos voltar! — Ava encarou Rezende, que também estava chorando e ficou alguns segundos esperando um ânimo qualquer que confirmasse que Alex não estava morto. — Vamos voltar, porque é mentira. Mentira que o Alex morreu.

— Ava... — disse Julie enquanto Rezende a abraçava impedindo que voltasse para a área em que estiveram presos. — Não tem o que fazer. A gente ouviu seu grito. Depois o campo de força se desligou. Quando a gente começou a correr, vieram muitos reptilianos, Ava. Muitos. Foi tiro para tudo quanto foi lado. E o Alex, desarmado, foi pra cima deles...

Ava não sabia o que dizer. Era culpa dela. Se ela não tivesse sumido durante o salto, nada disso teria acontecido. Se, em vez de passar tempo com Eydran aprendendo a voar, tivesse se lembrado de que os amigos a estavam procurando, nenhum deles teria atravessado aquele portal e, na próxima sexta, caso Lya deixasse, saltaria de parapente com Alex novamente e a vida seguiria.

Que desgraça.

Chorando, correu com Rezende e Julie para fora da nave. Foi o tempo de entrarem na floresta.

Em uma explosão, a nave reptiliana se transformou em uma bola de fogo que iluminou o céu.

Podiam não ser os mesmos alienígenas que haviam matado sua mãe, mas a sensação foi tão doce quanto.

Seus olhos estavam encharcados de lágrimas por Alex, mas também se sentia vingada. Centenas de reptilianos estavam mortos. O dano que causara fora enorme. Saíram de lá na certeza de que uma batalha maior iria começar.

21

OS TRÊS CORRERAM PELA FLORESTA SEM OLHAR PARA TRÁS. Mantiveram o silêncio, pois cada um sofria de modo diferente a perda de Alex. Julie e Ava o conheciam há tantos anos e com Rezende foi o primeiro amigo que fez na escola. Quando chegaram a uma clareira, pararam e descansaram.

Ainda em silêncio, evitaram os olhos uns dos outros, porque as lágrimas estavam sempre prontas a correr com mais força. Sentados na grama, procuravam não pensar no que tinha acontecido, porque não estavam seguros. Ava, então, sabendo que o lugar mais seguro onde poderiam se esconder era não estando ali, levantou-se e assoprou seu zíquel.

Em pé, olhando para o céu, esperou Tulpar aparecer, o que não aconteceu nem nos minutos seguintes. Seus olhos se encheram de lágrimas. Não bastava ter perdido um amigo tão querido, mas tinha que também ter sido abandonada pelo cavalo que fora de sua mãe? No dia do seu aniversário?

Caiu de joelhos e começou a chorar.

— Ava... — Julie a chacoalhou. — Ava? — Chacoalhou-a mais forte, pelos ombros. Ao não receber resposta, levantou seu rosto para que visse o céu. Apontou. — Que merda é aquela, Ava? Estou louca ou tem um cavalo branco com asas? — Virou-se para Rezende. — Você também está vendo?

Ava ouviu, ao longe, um relinchar, o que fez com que voltasse a si. Em pé, abriu um sorriso entre as lágrimas. Com tanta coisa acontecendo, a chegada de Tulpar era um sinal de esperança. Em um dia, havia descoberto que seu pai era um alienígena e recebido um cavalo voador de presente. Além disso, explodira uma nave reptiliana como se fosse uma coisa normal em sua vida.

Observou-o aproximar-se da copa das árvores e depois tocar os cascos na grama. Era magnífico. Os amigos ficaram com a boca aberta. Ava não teve tempo de contar sobre o cavalo alado.

— Gostou do meu Mustang, Rezende? — Olhou para ele e deu dois tapinhas, com carinho no pescoço de Tulpar. — Mais legal que sua McLaren, não?

— Minha McLaren é só um disfarce, Ava. — Aproximou-se de Tulpar, olhou para Ava e perguntou: — Posso tocar nele?

— Sei que está louco para montar nele... siga em frente.

Para a surpresa de Ava, Rezende conseguiu montá-lo na primeira tentativa e de maneira muito elegante.

— Sempre ia à fazenda do meu avô. — Sorriu e, de olhos fechados, deixou-se sentir a maciez do pelo, que era mais sedoso do que o de qualquer cavalo que já tocara na vida. — Posso não ser reconhecido como um *cowboy* em seu país, ainda, porque cheguei faz pouco tempo, mas... — Fez uma reverência. — Sou um dos mais famosos peões brasileiros. Ganhei muitos, mas muitos rodeios.

— Verdade? — perguntou Julie e aproximou-se gargalhando.

— Claro que não! — Piscou para Ava e, depois, para Julie. — Sou garoto de cidade, mas já fiz algumas aulas de equitação. Serve, não?

Ava foi até ele e deu um soco de leve em sua panturrilha.

— Por enquanto. — Sorriu. — Se quiser continuar tentando me conquistar, é melhor virar um *cowboy* de verdade ou encontro outro. Imagina quantos caras vão implorar para sair comigo quando virem meu Mustang branco com asas?

Os três riram.

— Agora, sério. — Abaixou-se e juntou as mãos nos joelhos para que Julie usasse como apoio e subisse em Tulpar. — Vai com ele.

— Ma...

Julie não teve tempo nem de começar a argumentar. Quando Rezende viu o feixe de luz branca sair dos pés de Ava e impulsioná-la para cima, ele entendeu a deixa e deu o comando para que Tulpar levantasse voo.

Quando chegaram a uma certa altura, Ava lembrou-se de sua queda, e pensou em ser mais cautelosa. Olharam para baixo...

— É o Central Park, Ava — gritou Julie, olhando para a amiga, que estava um pouco afastada de Tulpar, e apontando.

Ava tentou responder, mas o vento estava na direção oposta e não permitia uma conversa a tal distância.

Enquanto avaliava a situação lá embaixo, entendeu, finalmente, como funcionavam os portais pentadimensionais. Eles realmente avistavam Nova York, mas estavam muito longe, em outra dimensão. Nem a SWAT, o Exército, a Força Aérea e a Marinha — ou quantos mercenários ou matadores de aluguel que pudessem contratar poderiam ajudá-los numa luta contra os reptilianos.

Desgraça.

Com pressa, Ava fechou os olhos e se pôs a rastrear os portais disponíveis por ali e resolveu ir para o mais próximo.

Apontou a direção e foi até Tulpar. Parada na frente de um portal que tinha uma aparência meio translúcida, assoprou o zíquel e Tulpar a seguiu com Julie e Rezende montados.

Ava tinha cada vez mais controle de seus novos poderes... e levou os amigos ao lugar mais seguro, onde poderiam encontrar muitas respostas.

22

– AVA! NÃO É POSSÍVEL. – EYDRAN NÃO CONSEGUIU ACREDITAR em seus olhos.

— Mas você disse que, se eu precisasse, conseguiria usar o portal para acessar sua nave.

Eydran percebeu que realmente havia lhe ensinado o caminho... só não acreditava que ela tivesse aprendido tão rápido. E sozinha. No fundo, estava feliz em revê-la, mas guardou essas ideias para si.

* * *

Julie e Rezende foram apresentados a Eydran, que os acolheu dizendo para que se sentissem à vontade... pois estavam seguros. Ele monitorou os acontecimentos, de forma que não foi preciso narrar muito. Os dois ficaram encantados com o espaço e logo partiram para conhecer a parte central da nave, curiosos com as luzes e aquele monte de equipamentos desconhecidos. Quando Julie e Rezende chegaram perto de uma área em que o símbolo da Pedra de Roswell estava desenhado no chão, os amigos tentaram chamar a atenção de Ava para aquele desenho, mas ela ainda conversava sobre os reptilianos com Eydran. Esperaram então que o pleiadiano saísse para levar Tulpar para um alojamento.

Ao ver a amiga disponível, Julie correu até ela, seguida por Rezende. Então puderam conversar e contou boa parte do que descobriu sobre sua origem e a guerra que estava acontecendo entre os diferentes seres. Ava achou justo compartilhar com seus amigos, afinal, Julie e Rezende tinham sido arrastados para um furacão de eventos inacreditáveis — e inaceitáveis, como a morte de Alex.

Quando Eydran voltou, Ava tirou o celular do bolso.

— Aqui. — Entregou o aparelho. — Gravei o que pude dos reptilianos. Espero que isso nos ajude. Aquele cara deve ter dito alguma coisa em sua língua que pode nos dar alguma pista para nos antecipar a novos ataques.

Eydran colocou o celular sobre uma tela na mesa de comando, que se conectou aos dados do telefone e traduziu a conversa para o inglês. Pelos auto-falantes, a voz saía de maneira robotizada, mas a mensagem era assustadora.

– Capitão, a sonda já está pronta?

– Sim, mas ainda precisamos da localização exata.

– Ok, Capitão. Conseguimos abrir portais na costa de Nova York, em Malibu e Miami, e espalhamos portais por várias praias, por quase toda a costa dos EUA. O mapeamento já começou, mas o sistema só vai conseguir carregar ao final da tarde do décimo segundo dia, a contar de hoje.

– É seguro?

– Com a chave, é seguro. Conseguiremos proteger toda a nossa equipe antes de os desastres "naturais" acontecerem. Aliás, não acredito que a humanidade sobreviva, e teremos o planeta inteiro para nossa espécie.

– É um efeito colateral. A causa justifica os meios. A humanidade já não teria muito tempo, mesmo sem a nossa interferência. E quanto à chave, realmente vamos precisar dela?

– Sim, senhor. Sem ela, tudo explode, incluindo a sonda e a nave-mãe. Uma explosão com a potência de uma bomba nuclear, não podemos calcular ao certo.

– Ok. Vou dar um jeito de roubar a chave de Ava. O problema é que, desde que ela entrou na nave de Eydran, não conseguimos mais hackear o sinal do chip dela. De todo modo, acabamos de receber a confirmação de que Ashtar e as naves de guerra da Federação não estão na Terra.

– Excelente, Capitão. E o que faço com os três intrusos?

– Mate-os e se livre dos corpos.

Eles ouviram aterrorizados aquela conversa. Sentiram-se com sorte de estarem vivos, mas uma catástrofe estava a caminho.

Eydran devolveu o celular a Ava, sentou-se na cadeira principal e acionou um comando na mesa, de onde surgiram painéis holográficos de controle e navegação, na altura dos seus olhos, à sua esquerda e à sua direita.

— Nave, executar contato com a Federação.

— *Sistema de contato sem sinal, Capitão* — informou o módulo de comunicação da nave.

— Detalhar falha.

— *Pulso eletromagnético de origem desconhecida bloqueando o sinal de contato.*

Da tela panorâmica, todos puderam ver o momento em que uma nave reptiliana, do mesmo modelo da que estava no Central Park, surgiu cruzando um portal no céu.

— NAVE, ACIONAR TODOS OS ESCUDOS!

Eydran apertou um botão e, então, chapas de metal se fecharam, protegendo as áreas mais vulneráveis, e um campo de energia se formou ao redor da nave toda, funcionando como uma primeira proteção.

— NAVE, ACIONAR PROPULSORES DE FUGA E EVASÃO.

— *Propulsores acionados. Nave pronta para a dobra. Atenção, nave inimiga armando mísseis.*

— EXECUTAR EVASÃO IMEDIATA. — Eydran acionou alguns comandos, o que fez com que sua nave saísse da estratosfera terrestre.

— Sentem-se.

— Como isso é possível? — Julie perguntou. — Eu vi essa maldita nave explodir!

— Alguns reptilianos devem ter sobrevivido a explosão. — Eydran especulou. — Fizeram contato com a base deles e pegaram outra nave.

Ao se sentar, Julie e Rezende foram surpreendidos pelos cintos de segurança, que se afivelaram automaticamente. Preocupados, olharam para Ava, que, acostumada, transmitiu calma aos dois. Já Eydran permaneceu na cadeira central, disposta junto à mesa de controle, em uma pequena plataforma acima do piso.

— *Nave inimiga à frente com mísseis armados* — informou o módulo de comunicação poucos segundos depois.

— PREPARAR MEDIDAS ANTIMÍSSEIS.

— *Nave reptiliana disparando mísseis. Tempo de impacto: dez segundos.*

— ATIVAR PILOTO MANUAL.

— *Piloto manual ativado.*

Eydran empurrou os manetes de aceleração ao máximo e puxou o manche, fazendo a nave subir e desviar de dois mísseis.

— DISPARAR *FLARES* TELEGUIADOS.

— *Flares disparados.*

O sinal dos *flares* simulou o deslocamento de outra nave, atraindo os mísseis reptilianos, que explodiram bem longe da nave de Eydran.

— *Nave reptiliana disparando mais mísseis. Tempo de impacto: doze segundos.*

Eydran empurrou ao máximo o manche e a nave desceu.

— DISPARAR *FLARES*.

— *Flares disparados.*

A nave trepidou.

— *Escudo protetor atingido. Falha parcial. Nave com avarias. Alerta nível 2.*

Panes elétricas. Alarmes. Faíscas. Luzes piscando. Sistemas dando erro.

— Relatório de danos.

— *Armas inoperantes. Sistema de Estabilização a 30%. Escudos dianteiros a 20%.* — Alguns segundos depois, o módulo de comunicação voltou com outro relatório: — *Atenção! Ameaça de invasão! Nave inimiga se preparando para acoplagem.*

— Nave, desviar potência dos motores auxiliares para os escudos dianteiros.

— *Potência desviada. Escudos a 60%.*

— Acionar propulsores e motores para a velocidade de salto, de dobra.

— *Nave pronta para entrar em dobra.*

— Executar curso de dobra.

Em segundos, a nave de Eydran estava a milhões de quilômetros da reptiliana.

— Ativar Acelerador de Partículas Universais para abertura de portal hexadimensional.

— *Partículas Universais prontas.*

— Executar abertura de portal.

— *Abertura iniciada.*

Uma enorme espiral branca e violeta começou a se formar. Para Ava, que estava maravilhada com aquele universo distinto de tudo o que já vira, sentiu-se como se estivesse numa galáxia que girava cada vez mais rápido no sentido horário.

— *Portal pronto.*

— Executar entrada.

A passagem causou uma forte turbulência que, aos poucos, cessou. Estabilizada, a nave desacelerou e, para a surpresa de Ava, apareceu perto de Saturno, com seus tons beges, marrons e dourados.

— Estamos indo para Titã — disse Eydran.

— Mas não é um planeta sem vida? — perguntou Ava.

— Na terceira dimensão, sim. Você vai ficar surpresa...

23

DA CABINE DE COMANDO, AVA CONTINUAVA ENCANTADA, SEM saber para onde olhar.

À sua frente, um imenso mar azul, ladeado por uma vasta floresta que levava a uma montanha íngreme, onde um complexo de castelos góticos claros, ligados por uma ponte, brotava das pedras com suas escadarias que, no topo, revelavam o suntuoso terraço no meio da cachoeira que desaguava entre eles. Em seu centro, uma única estrela, enorme e de sete pontas, ocupava o centro de um círculo decorado com vários símbolos.

Em meio à vegetação quase dourada, que lembrava um campo de trigo, Ava reconheceu o que julgou ser uma pista de pouso.

— Não se assuste, Ava — disse Eydran, e apertou um comando em sua tela holográfica. — Já verifiquei que Tulpar está bem. Vou abrir a porta do compartimento para que ele pouse sozinho. — Apontou para o canto esquerdo do vidro, e Ava viu seu cavalo voando. Parecia feliz. — Agora vou pousar a nave. — Acionou o manche e os comandos e, depois, levantou-se e foi para perto da área onde o símbolo da Pedra de Roswell cobria o piso, que se abriu como uma rampa. — Não se preocupem com relação a roupas ou desconfortos. A atmosfera daqui é muito parecida com a da Terra. Vocês não vão sentir a diferença. — Deu alguns passos adiante e, com uma cortesia e o braço esticado, convidou Ava, Rezende e Julie a desembarcarem com ele. — Espero que gostem.

Ao descer, Ava finalmente conseguiu reparar no céu. Em vez do Sol, avistava Saturno e seus anéis, que ocupavam grande parte do horizonte.

— Olá, Zodba — disse Eydran para um humanoide cuja aparência era muito semelhante a de um indígena norte-americano mais idoso.

— Trouxe visitas. — Este fez um cumprimento e olhou em direção à nave, que parecia bem danificada.

— Como vocês podem ver, também falo a língua de vocês. — Zodba aproximou-se dos três e estendeu a mão. Rezende foi o primeiro a aceitá--la. — Na verdade, aqui, falamos muitas línguas. — Cumprimentou, então, Ava. — Antes de mais nada, vou me apresentar. Meu nome é Zodba. — Finalmente, chegou a Julie, que o recebeu com um sorriso. — Como podem ver... também sou bem parecido com vocês. Na verdade, vocês são mais ou menos parecidos com a minha espécie, titãs e titânides. Alguns de nós foram para a Terra em uma aventura de colonização e acabaram permanecendo, especialmente onde vocês chamam de Américas. Formamos muitos dos povos antigos de lá.

Os três, boquiabertos, ouviam as palavras de Zodba sem reação, pois aquelas informações soavam muito incríveis. Quem poderia imaginar que povos que chamávamos de indígenas vieram de outros planetas?

— Que seres interessantes, não? — perguntou, chegando perto de Rezende, que havia se afastado um pouco para ver os dragões vermelhos que voavam ao longe. — Posso me transformar em um, se você quiser. Só para você ver de perto.

— Mas... — Rezende se virou para Zodba, os olhos arregalados. — Mas você não é humano? — Confuso, tentou consertar: — Quero dizer, não é human...

— Não se preocupe. — Zodba colocou os braços para trás do corpo, segurando-os com as mãos, e começou a andar, lentamente, pelo hangar. Os três foram atrás. — É muita informação nova, eu sei. Leva um tempo para vocês se acostumarem com essa coisa de biologia de outras espécies e de como entender a fluidez desses conceitos e nossa capacidade de transmutar. Precisam de tempo. É uma mudança enorme em termos de pensamento, comportamento, cultura etc., não tenham pressa. — Virou-se para Rezende e deu uma piscada. — Por enquanto, como vocês não sabem do que somos capazes, sua expressão de estranhamento não me ofendeu. — E sorriu.

— Cara... — Rezende parou, apoiou as mãos nos joelhos, fechou os olhos e respirou fundo. — Muito obrigado por explicar. Já tive problema com uma espécie agora há pouco, não queria causar um incidente diplomático. — Levantou-se, arrumou seu topete e sorriu de volta. — Imagina o presidente do meu país tendo que se desculpar com o líder do seu? — Bateu na própria testa, decepcionado. — Sai fora. Não quero, não. — Riu. — Muito obrigado.

— Não se preocupe, rapaz. — Continuou andando pela sala do hangar. Falava de maneira tranquila, macia até. — Minha espécie colonizou algumas partes da Terra. Quando chegamos, podíamos nos transformar em dragões, mas, depois de algumas gerações, a habilidade acabou sendo perdida. Aqui, como vocês podem ver, ainda conseguimos. Aliás, Ava... — Parou por um segundo para que Julie e Rezende ficassem à frente e, quando Ava passou, continuou a caminhada ao lado dela. — Conheço seu pai. O General Sheran é uma ótima pessoa.

Ava não soube como reagir. Tinha milhares de curiosidades sobre o pai, mas sabia que não era o momento para uma sessão de perguntas e respostas. Queria descansar, comer, dormir. Queria conversar com os amigos sobre tudo que havia acontecido com ela, explicar o que estavam fazendo ali. O problema era que não sabia nem com quem falar ou para que lado correr, porque tudo havia mudado tanto; nem seu nome, Campbell, era seu mais.

— Precisa de ajuda com a sua nave? — perguntou Zodba ao se aproximar de Eydran no hangar. — Todas essas avarias foram só o ataque reptiliano?

— Infelizmente, sim. Foi um ataque surpresa. Eles também estão conseguindo nos monitorar. Chegaram a hackear o chip de Ava. Por sorte, e rebeldia, ela retirou o chip antes que as coisas ficassem piores. E tivemos sorte de escapar.

— Eles são terríveis. E avançaram muito em suas tecnologias. — Zodba passou a mão pelo metal amassado do lado da nave. — Eydran, tenho que te informar que, infelizmente, ainda não conseguimos contato com a Federação.

— Desde aquela hora?

— Exato.

— Zodba, você acha que consegue dar um jeito na minha nave? — Eydran estava preocupado em reparar os escudos da nave, que estavam bem avariados. De acordo com o dispositivo em seu pulso, não poderia decolar sem muitos, mas muitos consertos. — Preciso ir até a embaixada reptiliana pelo visto. — Encarou Zodba procurando informações, mas os dois estavam na mesma, sem saber o que estava acontecendo com a Federação. — Para eu voltar para a Terra, tenho que estar com a nave em perfeitas condições.

— Para a Terra? — Julie se aproximou de Eydran. Ela não via a hora de voltar pra casa. Para ela, as coisas ainda não pareciam reais. — Quando? Preciso falar com minha família...

— Não sei se teremos tempo.

Olhou para Ava como se pedisse que ela controlasse a amiga, para que entendesse tudo o que estava em jogo, mas, como Ava pareceu, ou fingiu, não entender, Eydran soube que teria que dar a explicação mais longa. Foi até um pouco adiante, onde havia cadeiras, e sentou-se. Depois que Rezende, Zodba, Julie e Ava chegaram, continuou:

— Já que vocês três estão aqui, vou explicar no que estão metidos. — Avaliou o rosto de Ava, Rezende e Julie para saber até onde poderia ir em suas informações. — Os reptilianos viviam em Marte, na mesma dimensão de vocês, mas, depois de um colapso magnético e uma guerra nuclear, os sobreviventes fugiram e foram para o interior da Terra na época do Antigo Egito, e é onde moram até hoje. Como eles habitam uma dimensão diferente, ninguém no seu planeta os vê, mas eles estão lá. O portal de acesso fica na Antártida e seu acesso requer autorização prévia do comando militar reptiliano. Há um outro, que fica em uma caverna na Oceania. — Olhou para o rosto de Ava e para sua boca aberta e, antes que ela pudesse dizer alguma coisa, falou: — Sim, Ava. Os governos mundiais sabem de tudo. Tanto que criaram uma zona proibida na Antártida, na qual o espaço aéreo não poder ser violado. Faz parte do "armistício"... — Fez o sinal de aspas com os dedos indicadores. — Do acordo de convivência entre as espécies.

— Não quero saber de acordos. — Ava se levantou. Sem o PD72, Eydran não conseguia fazer com que ela se acalmasse diretamente, então tentou influenciá-la com seus poderes psíquicos. Precisava que todos se mantivessem com a cabeça fria. — Quero é parar com essa loucura. Sinceramente? Olha, ninguém merece passar pelo que estou passando.

Revoltada, Ava andava de um lado para o outro tentando pensar numa forma de ter de volta uma vida normal. Ela mal sabia o que estava acontecendo, em que tipo de merda estava metida, mas queria encontrar uma saída — e rápido —, pois não tinha paciência para aquele tipo de situação. As coisas tinham que ser entendidas, tratadas, resolvidas porque não gostava de adiar. Por um momento, parou, olhou-se no reflexo do grande vidro que se erguia separando o hall em que estavam do lado de fora e prendeu a respiração. A Ava de antes era impulsiva, rebelde e partiria para a porrada sem pensar duas vezes. Já a nova Ava, que se revelava naquele pensamento, era uma jovem mais controlada, forte, que buscava resolver conflitos.

Seria sua parte pleiadiana se manifestando?

Droga. Não sabia se gostava desse novo lado.

Não era propriamente uma personalidade nova, mas Ava sentia que estava se aproximando do modo mais amplo e estratégico de ver as coisas, como Eydran. Ele era controlado, forte e também buscava resolver conflitos, mas parecia calmo demais.

Frio até.

Droga, droga, droga.

Repetiu mais quinhentas vezes.

Podia até se tornar uma pleiadiana por ser filha de Ashtar Sheran, mas continuaria terráquea, honrando sua mãe, Grace, porque era isso que a tornava quem era.

Parte terráquea, parte pleiadiana, mas Ava.

Ava *Campbell*.

E era assim que permaneceria.

Pelo menos até que o pai a convencesse de que deveria ter algum orgulho do sobrenome Sheran.

E ameaçou partir.

— Ava, calma. — Eydran foi até ela tentando lidar com a intensidade da garota, porque ele mantinha uma interação psíquica com ela. — Não tome decisões precipitadas. Seu pai é um grande líder para todos nós. Antes de você tomar uma decisão drástica, precisa tomar conhecimento de tudo o que está realmente acontecendo.

— Ah, agora você vai querer me convencer daquele seu blá-blá-blá de que ter emoções atrapalha?

Olhou-o de canto, meio sem paciência, porque não entendia como ele conseguia se manter tão calmo diante de um cenário tão incomum e perigoso. Eles estavam sem comunicações com a Central. Isso nunca havia acontecido antes. E o plano de destruição da Terra estava em curso. Era uma situação horrível.

— Sai fora. Pelo que ouvimos naquela conversa, que gravei na nave reptiliana, o ataque reptiliano vai acontecer em doze dias. Doze. Temos de resolver isso é agora. — Sentiu um calafrio percorrer seu corpo de imaginar que, em um momento, havia admirado aquele homem. Depois,

pensou que o calafrio poderia ter vindo de qualquer tentativa de interação partida dele, o que a irritou. — Não enche, Eydran. — Chacoalhou
o corpo tentando manter distância daquela frieza. — Quero refletir sobre
essa situação sem suas interações. Alguém me diz o que tenho que fazer,
por que foram me buscar, por que estão me enchendo o saco. Quero voltar a correr o país com a Lya, quero minha vida de volta...

— Ava, não temos como apressar as coisas. — Eydran balançou a
cabeça, profundamente incomodado com aquele tom mediador que
estava forçando, pois não era compatível com o modo pleiadiano de pensar. Ele sabia que qualquer atitude exasperada poderia piorar as coisas e,
nesse caso, não havia espaço para que Ava pusesse todos em risco com
atitudes impensadas — Seja razoável. Me escute.

Ela manteve-se calada. Lembrou-se de que ele conseguia afetá-la para
que ela não se exaltasse, então resolveu esconder seus pensamentos. Não
sabia se funcionaria, mas mentalizou uma redoma ao redor do que estava
sentindo e, para se defender, visualizou uma bomba explodindo.

Eydran, no mesmo instante, arregalou os olhos.

Droga.

Deu certo.

— O que você estava dizendo, Eydran? — Ava voltou às cadeiras,
sentou-se, cruzou as pernas e, com um sorriso sarcástico, esperou que
ele também se sentasse. — Pode continuar.

Eydran se sentou. Dentro dele, uma coisa gelada se ocupava de sua
barriga. Depois de executar diversas análises, concluiu que a reação de
Ava o tinha surpreendido: primeiro, pela inventividade e, segundo, por
ser uma coisa inédita, uma solução efetiva tomada de impulso. Era admi-
rável. Balançou a cabeça tentando se controlar.

— Como eu ia dizendo... — Evitou olhar para Ava e, para disfarçar,
focou-se na testa de Rezende, o que evitaria o contato visual, mas ofere-
ceria uma capa de intimidade para a interação. — Preciso que minha nave
esteja consertada, porque as outras, como vocês podem ver... — Apontou para onde as naves estavam. — As naves disponíveis aqui são grandes demais, pouco ágeis e não têm todos os recursos necessários para
nossa defesa. — Olhou para o chão e, depois para a testa de Rezende
novamente. Depois de alguns segundos, continuou, confortável por sentir que sua voz recuperava o tom impessoal de sempre. — Pela caverna
na Oceania conseguiremos acessar uma espécie de embaixada bem

menos hostil. Enquanto espero pelo conserto, continuo tentando contato com a Federação. Assim, nossa melhor opção é esperar.

Ava se levantou e voltou à grande janela.

Droga.

Eydran podia estar muito calmo com relação a tudo, mas eram nos ombros dela que recaía a responsabilidade de ter envolvido Julie e Rezende, mas, por mais que eles tivessem ido parar em outro planeta e ainda não soubessem de metade das coisas que haviam acontecido com ela, pelo menos estavam vivos. Tiveram melhor sorte que Alex.

Droga.

Pensou que teria de voltar à Terra para conversar com a família de Alex, oferecer apoio, estar por perto, mas logo lembrou que talvez nem corpo fosse encontrado, que suas explicações soariam maluquices... e que havia coisas mais urgentes a resolver: se a Terra desaparecesse nenhuma conversa seria mais necessária.

Droga.

Alex havia se alistado para ser um militar e, quem sabe, um herói de guerra, e fora assim que morrera, exatamente assim, mas seu pai, que tinha pertencido ao Exército, jamais poderia saber disso, o que era cruel demais.

Mas jurou para si mesma que, se aquilo tudo passasse, tanto a memória de Alex quanto o feito e a coragem dele não seriam esquecidos. Ele seria honrado.

24

EYDRAN SE APROXIMOU DE AVA. REZENDE, JULIE E ZODBA passeavam entre as naves com Altrós, um dos melhores engenheiros de Titã.

— Ava, precisamos conversar.

— O que você quer? — respondeu sem nem olhar para ele. — Mais alguma desgraça?

— Bem, depende de você. — Começou a andar, esperando que ela o acompanhasse, e foi o que aconteceu. — Preciso que você se mantenha calma. O processo de ativação de genes pleiadianos que executamos no seu corpo é muito recente, então temos que ter cuidado. — Desejou não ter tirado o chip do braço dela, porque poderia monitorá-la melhor e tornar a situação menos dolorosa. — Queria te dizer que Lya está cuidando da situação na Terra. Antes de a comunicação com a Federação ser interrompida, conversei com ela rapidamente e expliquei tudo que havia acontecido. Inclusive com relação ao seu amigo, o Alex.

O coração de Ava murchou ao ouvir o nome do amigo. Nem tivera tempo para absorver o que havia acontecido, ainda mais de maneira tão violenta. A explosão, o barulho, a correria, aquele monte de alienígenas... Era fantasioso demais, ainda que ela soubesse que tinha sido real.

— É isso mesmo. Tudo foi real — disse Eydran, entendendo o estado mental dela e sua tristeza. Ava, por sua vez, levantou o muro novamente e interrompeu a conexão. Eydran franziu, de leve, as sobrancelhas, tentando não deixar que ela percebesse que havia funcionado novamente.

— Por mais que tenha sido injusto, seu amigo Alex está morto, e não há nada que eu possa fazer para reverter isso. Assim, preciso que você e seus amigos estejam focados. Se qualquer um de vocês agir de cabeça quente, podem ter o mesmo fim, entende?

Ava permaneceu em silêncio, pois sabia que ele estava certo. Nenhum deles devia ter atravessado aquele portal ou tentado fazer qualquer coisa sem entender o que estava acontecendo. Alex morrera por causa dos reptilianos, mas ela acreditava que em parte também por sua causa. Por sua impulsividade, o melhor amigo havia se desintegrado naquela explosão.

Droga.

Algo que poderia acontecer com Rezende e Julie também.

Triste, suspirou e, aos poucos, se acalmou.

Onde estava a Ava impulsiva, rebelde, que partia para a porrada sem pensar duas vezes?

Levou a mão, disfarçadamente, à testa para ver se sua temperatura estava caindo, pois não desejava virar uma porta como Eydran. Ao mesmo tempo, entendeu.

Se queria ir em frente e sair vitoriosa, teria que aprender a agir de forma mais estratégica, planejada.

Se uma forma menos impulsiva de resolver conflitos pudesse colocar seus amigos, sua tia e o planeta em segurança, ela ia aprender a ser mais pleiadiana. No entanto, tinha pressa.

Ela era Ava *Campbell Sheran*.

E estava disposta a tudo para proteger os que amava.

Nesse momento, avistou uma correria no campo de pouso e percebeu que todos se alvoroçaram... não pareciam boas notícias.

25

A CONVERSA ENTRE EYDRAN E AVA FOI INTERROMPIDA PELA chegada de uma nave. Rapidamente partiram em direção a nave, onde Zodba já os aguardava com Julie e Rezende.

O piloto da nave desceu e caminhou na direção deles.

— Thoran?

— Eydran! — disse o humanoide de orelhas pontiagudas ao se aproximar. Vestia uma bata branca de mangas longas com decote em V, calça marrom e botas de cano longo. — Você não vai acreditar. — Arrumou os cabelos loiros prendendo-os em um nó. — Desculpe minha falta de educação. — Estendeu a mão e cumprimentou Eydran e, depois, Ava. — Primeiro, não consigo me comunicar com a Federação há um tempo já. Segundo, como agendado, estava indo fazer uma visita à Terra, mas, antes que eu pudesse entrar na atmosfera, uma barreira branca e translúcida surgiu. — Lembrou-se da cena com pavor, o que arrepiou o pescoço de Ava e a surpreendeu. — Tive sorte de desacelerar e parar, mas a outra nave que estava à minha frente não teve a mesma sorte.

Eydran, com a mão, pediu um tempo a Thoran e mexeu no bolso, de onde tirou a Pedra de Roswell. Ava não conseguia acreditar no que via. Quer dizer que aquele cara estava com ela o tempo todo? Como conseguia ser tão cínico?

— Não é cinismo, Ava — disse Eydran sem conseguir controlar as palavras que vinham de sua boca, o que o irritou. Não devia se deixar levar por sentimentos primitivos que levavam ao conflito. — De acordo com o plano, esta pedra deveria ser entregue a você no futuro, mas alguém parece estar querendo conversar muito contigo, porque ela está vibrando.

Então ele puxou para si a palma da mão dela, e depositou uma corrente prateada com a pedra, que havia sido transformada em um pingente. Nesse momento, ela começou a vibrar com mais intensidade.

Ao tocá-la, se surpreendeu com a intensa comunicação que se estabeleceu em seu cérebro. Foi como se tivesse acessado uma fonte enorme de conhecimento, mas tudo de forma ordenada. Ela começou a entender a cadeia de eventos que trouxera a Pedra de Roswell de volta às suas mãos e a importância dela naquele momento extremo.

Depois desse fluxo de informações, Ava entrou em outro, que lhe explicava como utilizar a pedra. Mentalmente, perguntou se conseguiria deter os reptilianos, e a pedra se movimentava fornecendo as respostas. Depois, perguntou onde conseguiria encontrar quem falava com ela, então a pedra projetou uma luz azul-escura e alguns pontos brilhantes que imitavam um céu estrelado.

Rezende e Julie, assistiam àquilo maravilhados, ainda que não compreendessem tudo, viam o show de luzes e, encarando Ava, esperavam por uma explicação, mas ela continuou sua comunicação com a pedra.

Respirou fundo, pensando na próxima pergunta. Queria saber se tinha que ir sozinha, ao que a pedra deu outra resposta positiva.

Se não podia ir até aquelas estrelas acompanhada, teria que viajar sem uma nave, ou seja, utilizar seus poderes e voar até a localização. Era o que Ava queria? Não. Na verdade, aquela ideia lhe pareceu um pouco absurda.

Se tivesse que voar pelo espaço sem nave queria uma armadura e armas especiais. Uma certeza a acompanhava agora. Ava tinha uma missão muito importante e sentia-se cada vez mais segura de que teria os meios para lutar. Não era algo concreto, mas uma forte intuição... e um passo novo em sua vida foi que ela passou a acreditar cada vez mais em si.

26

SENTINDO PSIQUICAMENTE QUE A ARGUMENTAÇÃO DE EYDRAN começaria, Ava correu até Zodba, que estava um pouco afastado.

— Escuta... — sussurrou enquanto fingia prestar atenção na nave que ele inspecionava. — Vocês, que são tão avançados em termos de tecnologia, não têm uma armadura voadora, não? — Sorriu para ele de leve. — Estou precisando de um equipamento assim.

— Altrós! — gritou ao se virar para o outro lado, assustando Ava um pouco. — Hoje é seu dia de sorte. Venha cá!

Os três foram até o fundo do hangar, deixando Eydran, Julie e Rezende de fora da nova conversa. Em poucos minutos, Altrós explicou que havia desenvolvido uma espécie de roupa de astronauta de alta resistência, adaptada a voos sem assistência e capaz de fornecer cinquenta minutos terráqueos de oxigênio, o que pareceu ótimo aos ouvidos de Ava.

Seguiram, então, para um armário, de onde Altrós retirou o traje e um capacete com visor. Enquanto Ava o vestia por cima de suas roupas, recebia as instruções de como usá-lo.

Zodba entregou o capacete para Ava, que voltou até seus amigos, explicou rapidamente o que pretendia fazer e foi se despedir. Depois de um abraço demorado em Julie e Rezende, foi surpreendida por Eydran, que se levantou do sofá e disse:

— Que a luz de Alcyone brilhe em você — falou e, ao levantar a mão direita até a altura do ombro, um pequeno feixe circular de luz branca apareceu em sua palma.

— Eu recebo a luz, Azoray — respondeu Ava, automaticamente, seguindo o fluxo psíquico que a ligava a Eydran naquele momento e deixando que a mesma luz surgisse em sua mão.

Sentiu o olhar quente de Eydran, Rezende, Julie, Thoran e Altrós queimando seu corpo, tentando entender o que estava acontecendo. E deixou escapar como se estivesse tendo uma conversa mental com todos.

— Também não sei. — Colocou o capacete, deixando apenas o visor levantando. — O que sei é que me pareceu certo, fluiu de mi...

— Azoray significa "que assim seja"... — disse Eydran, explicando para Rezende e Julie para disfarçar, mais uma vez, o gelado em sua barriga por também ter sido surpreendido.

Ava acenou, contente por se achar no controle.

Ava sabia para onde ir... e que muita coisa dependia dela. Já havia se despedido dos amigos, então não perdeu mais tempo:

— Executar saída imediata.

Baixou o capacete e desapareceu no céu.

27

DEPOIS DE ATRAVESSAR A ATMOSFERA DE TITÃ, AVA CRUZOU OS anéis de Saturno. Assustou-se porque, ainda que conseguisse desviar dos fragmentos maiores de gelo e de rocha, foi atingida pelos menores, que a tiraram um pouco de rota.

Usando sua recém-adquirida intuição pleiadiana, acessou os comandos de sua roupa e, consciente de que Altrós lhe garantira que nada lhe aconteceria, recuperou a velocidade e seguiu em frente.

Ava estendeu os braços para a frente e seguiu viajando pelo espaço, deixando Saturno para trás. À frente, só escuridão e estrelas, mas não se sentia sozinha. Mantinha-se conectada mentalmente com todos os que amava. E sua intuição era seu guia... sabia para onde deveria ir.

— Traçar rota segura para o oeste e selecionar *playlist*.

E uma playlist começou a tocar. No visor, uma luz indicava o rápido consumo de oxigênio e Ava sentiu a pressão, mas não iria desistir. A Pedra de Roswell lhe tinha dado a confiança necessária para seguir a rota... então se pôs numa atitude calma, o que também a fazia reduzir o consumo do oxigênio... atitude indispensável para chegar viva ao destino.

Quase alcançando o fim da rota, o oxigênio já rareava... faltando o suficiente para manter os olhos abertos. Ava decidiu sustentar a atitude calma, focava-se nas estrelas, especialmente em uma amarela, que piscava muito rápido. Hipnotizada, sentiu suas forças se esvaírem e sua consciência apagar as luzes das milhares de estrelas que formavam seu corpo.

Estava tocando a música *Space Oddity*, de David Bowie: *"agora é hora de sair da cápsula se você ousar"*.

David Bowie tem razão, pensou, mereço morrer livre desta cápsula.

Ava reuniu o resto de suas forças, retirou o capacete e a vestimenta de astronauta também se foi.

Naquele momento, Ava era uma constelação e estava morrendo.

Ela não estava mais desesperada, toda a pressa tinha acabado... Pensou em sua mãe e como seria bom se fosse possível um encontro.

E a morte era indolor.

28

A MORTE, OU O QUE AVA JULGOU QUE FOSSE, PODIA SER INDOLOR, mas o corpo lutar por respirar, não.

Quando seus pulmões se expandiram com uma inesperada entrada de oxigênio, Ava sentiu uma pontada forte no peito, e foi como se sua alma estivesse voltando para o corpo.

Assustada e dolorida, abriu os olhos e se viu dentro de um Merkabah translúcido, uma construção geométrica composta por duas construções triangulares. Procurando entender o que era aquilo, seguiu as linhas e percebeu que, na verdade, estava envolvida por duas pirâmides: a primeira, com a parte superior voltada para cima, e a segunda, virada para baixo. À sua frente, um complexo de nuvens se parecia com a Nebulosa do Caranguejo.

Ao se aproximar, foi sugada por um fluxo semelhante a um redemoinho multicolorido que girava e, aos poucos, se uniformizou em um tom claro de azul.

Piscou.

Droga.

Seu corpo gelou de uma vez.

Abriu os olhos e se debateu.

Tinha aterrissado na água.

A pedra havia criado nela uma confiança de que era capaz de cumprir sua missão, então acalmou-se, segurou o resto de oxigênio que ainda tinha nos pulmões e nadou.

Finalmente.

Bateu as mãos na água e urrou num misto de alívio e vitória pessoal. Depois, lavou o rosto e limpou os olhos.

Tinha conseguido chegar ao destino.

Aliviada, respirou fundo e nadou. Estava em um rio comum aos da Terra, de água doce. Logo adiante, agarrou-se em umas rochas e conseguiu chegar à margem. Quando se sentiu segura, parou de andar e deixou-se cair sentada na terra. De lá, conseguiu ver o começo da cachoeira que alimentava o rio um pouco adiante. A cena era linda, mas não era por isso que estava tão emocionada. Um filme passou por sua cabeça sobre todos os sentimentos nesse período de menos de uma hora quando quase morreu.

Então ela chorou.

Estava sozinha. Por mais que soubesse parte de sua história e que sentisse suas novas habilidades pulsando em suas veias, no momento em que mais precisara de sua calma pleiadiana, deixou-se levar pelo instinto e não calculou suas prioridades. Depois, deixando Ava Sheran um pouco de lado e assumindo cem por cento sua metade Ava Campbell, levantou-se, gritou pulando em comemoração sem se importar com nada. Feliz por estar viva.

Quando olhou para cima para ver a cor do sol daquele planeta, deparou-se com um castelo que, flutuando, desafiava todas as leis da física. Curiosa, voou até lá.

Feito de uma pedra branca e lisa, lembrava o palácio indiano Taj Mahal com sua cúpula central em forma de cebola e duas menores, no mesmo estilo, de ambos os lados.

Ava pousou na passarela central, de frente para uma porta gigante de madeira branca. Aproximou-se para abri-la, mas, em vez de uma maçaneta, encontrou, em baixo relevo, o símbolo da Pedra de Roswell. Nesse momento, o pingente em seu pescoço vibrou de leve, logo tirou-o, encaixou-o sobre o desenho e girou-o como uma chave.

A porta se abriu.

Ao longe, avistou uma luz. Lá, encontrou um salão cheio de enormes pinturas de pontos turísticos famosos da Terra e de outros mundos. Eram tão reais que pareciam fotos. Ao mesmo tempo, eram perfeitos demais para não serem de verdade, então se aproximou de um que retratava a Muralha da China. Esticou o dedo e, ao aproximá-lo, teve certeza de que, se tocasse a superfície daquela imagem, estaria lá.

— E você está certa — disse uma voz feminina. — Mas, na atual conjuntura, não creio que seja sua melhor opção.

Olhou para a direita e, um pouco adiante, em um terraço na lateral, viu uma jovem humanoide, de pele preta. Foi ao seu encontro e a viu tecendo uma longa renda. Seus dedos se moviam de forma tão rápida e sua presença era tão graciosa que Ava se sentiu atraída imediatamente por ela, então aproximou-se. Ficou maravilhada pela harmonia com que se apresentava: na cabeça, um turbante colorido balançava de leve conforme seus ombros, à mostra no vestido branco e longo, se mexiam no ritmo que os fios impunham, jogando, para lá e para cá, o colar de fio branco com esferas rosa-claras de cristal. Seus lábios estavam pintados do mesmo dourado presente nas laterais do pequeno triângulo que trazia voltado para baixo em sua testa.

— Venha, Ava, sente-se. — Deu dois tapas, de leve, na enorme almofada que descansava ao lado dela. — Seja muito bem-vinda. Meu nome é Cyryna. Sou a guardiã da Pedra de Roswell.

29

— **SURPRESA? — PERGUNTOU CYRYNA, ENIGMÁTICA.**

Ava permaneceu em silêncio, sem querer admitir que não estava entendendo nada. Para não parecer tão perdida, resolveu falar pouco.

— O que aconteceu com aquele transporte que me trouxe até aqui?

— Está dentro da sua pedra.

Ao lembrar-se do pingente, levou a mão ao peito. Estava lá, então tranquilizou-se.

Até sentir que o zíquel que usava para chamar Tulpar havia desaparecido.

— Não se preocupe. — Cyryna continuava tecendo a renda. — Era apenas um símbolo para que você conectasse sua alma à de Tulpar. Agora, com a Pedra de Roswell é diferente. Mantenha-a sempre com você e faça o que puder para não a perder.

Tirou seu colar e colocou, com a mão direita, o pingente na palma da mão esquerda. Observou os símbolos e, depois de alguns segundos, traçou com o indicador o contorno dos dois triângulos que o adornavam. Conforme ele se movimentava, sentia seu corpo e sua mente se conectarem com o desenho.

Quando ergueu os olhos, o Merkabah, que na verdade era um veículo espacial, estava à sua frente.

— Ava?

Assustou-se com a voz de Cyryna e, ao quebrar a ligação psíquica que havia criado com a pedra naquele momento, o Merkabah desapareceu.

— Está tudo bem? — Ao ver que Ava concordara com a cabeça, deixou a renda de lado, virou-se para ela para ter certeza de que estava bem realmente e continuou: — Como disse, sou a guardiã da Pedra de Roswell que você, como outros, traz no pescoço. Primeiramente, gostaria de agradecer por ter atendido ao meu chamado, e avisá-la de que nem sempre você poderá vir aqui. Para saber se é possível, pergunte à pedra. Se for, um portal se abrirá.

Ava mal conseguia respirar. Tinha tantas perguntas que não sabia por onde começar. Novamente, optou pelo óbvio.

— Cyryna, me ajuda... — pediu Ava em tom quase de súplica. — Os reptilianos bloquearam a entrada na Terra e estão planejando destruir o planeta. Por favor, preciso de toda ajuda possível para evitar que isso aconteça!

— Ava, serei bastante sincera. — Cyryna procurou os olhos de Ava, que se enchiam de lágrimas. Ao sentir sua dor, colocou a mão sobre as dela, que descansavam em seus joelhos. — Não posso salvar a Terra, mas posso te ajudar a entrar lá. — Levantou-se e continuou estudando os traços de seu rosto, porque precisava ter certeza de que ela havia entendido. — Os reptilianos instalaram um dispositivo, que eles chamam de Fênix, em diversos satélites ao redor da Terra e, assim, criaram esse bloqueio para poderem, finalmente, isolar seu planeta da Federação. Sem nosso apoio para impedir o ataque deles, a humanidade cairá, e os reptilianos poderão viver na superfície.

Ava escutava as palavras que entravam em seu ouvido como se fossem música. Contagiada pela presença de Cyryna, que emanava um encanto difícil de entender, perguntou:

— O que você é?

— Muito simples. Sou o que eu quero ser. Quando quero ser. — Sorrindo para Ava, estendeu o braço e convidou-a a caminhar, indo na direção da sala das pinturas. — E crio. Crio muito. — De braço dado com Ava, deixou que sua mão descansasse sobre a dela e foi, de maneira muito sutil, mostrando o caminho. — Adoro dar nome para minhas criações e, neste caso, creio que deveria ser Esquadrão Alien. — Olhou para Ava, que a encarava, confusa. — Não se preocupe. Você vai entender. Por agora, temos isso.

Parou em frente a uma parede e estalou os dedos, e uma porta se abriu, revelando uma passagem secreta. Desceram as escadas na penumbra e, quando chegaram à parte mais iluminada, alcançaram uma outra porta.

— Aqui está.— Cyryna sorriu.

Ava, então, deu um passo à frente, girou a maçaneta e abriu a porta.

Seus olhos se encheram de lágrimas. O ambiente era muito familiar. À sua frente, encontrava a maravilhosa noite estrelada que sempre via ao apontar seu telescópio para o céu pela janela de seu quarto.

30

CYRYNA, PASSANDO À FRENTE DE AVA, ATRAVESSOU O PORTAL.
Ava, ao cruzá-lo, viu-se novamente cercada por planetas e estrelas que brilhavam com cores tão vivas, que pareciam inéditas.

Cyryna pegou Ava pelo braço, como fizera para levá-la até a sala das pinturas, e seguiu em frente. Depois de alguns passos, estavam de frente para o planeta Terra, mas em uma escala bem pequena. Ela, então, largou a mão de Ava e estendeu os braços, quase abraçando o planeta, criando uma névoa azul e verde que, reluzente, desprendeu-se de lá, girando, criando uma espiral ovalada que flutuou na direção de Ava.

Entendendo que Ava não sabia como agir, Cyryna fez um gesto para indicar que pegasse a pequena névoa e, assim que Ava a tocou, ela caiu em sua palma como um *tipo de bússola* e um miniglobo terrestre.

— Esse dispositivo vai permitir que vocês cheguem à Terra — disse Cyryna, pegando Ava pelo braço e começando o caminho de volta até a porta. — Depois de ser conectado à nave, ele vai emitir um sinal que criará uma abertura no campo de bloqueio reptiliano para que a nave de vocês possa atravessá-lo. Contudo, ela é temporária e se fechará logo depois, ou seja, funcionará para uma única nave. Agora, para destruir a Fênix, vocês precisam destruir a nave-mãe reptiliana, mas não é essa arma que será responsável pelos desastres que podem acontecer na Terra. — Atravessou a porta com Ava, fechou-a e indicou o caminho para que subissem a escada. — É o que posso dizer. Assim, s*widy, aiara, entenere* o seu desejo.

— Desculpe, não entendi — disse Ava, confusa.

— Idioma pleiadiano. — Cynyra sorriu e soltou a mão de Ava quando parou em frente ao quadro que retratava Titã. — Traduzindo, seria algo como "Vá, leve o seu desejo em seu coração e o realize". Até logo.

E empurrou-a para dentro.

31

AO SE VER CAINDO PELO CÉU DE TITÃ, AVA CONCENTROU-SE E FEZ surgirem os feixes de luz em suas mãos e pés. Quando sentiu que o voo tinha se estabilizado, esticou as mãos para a frente, deu uma pirueta e pousou suavemente atrás de Eydran.

— Surpresa!

Eydran deu um pulo. Reconheceu a voz de Ava, então, controlou-se e, ao virar-se para encará-la, evitou transparecer qualquer emoção.

Rezende e Julie, que ainda estavam por perto, vieram correndo e levaram-na até a área do sofá. Animada, Ava contou tudo que havia acontecido para todos que se sentaram ao seu redor.

— Só não entendi o que ela falou sobre um Esquadrão Alien — disse Ava e deu de ombros, olhando para Rezende e Julie. — Se ela estava falando de nós, olha, não vai dar, porque só eu sou meio alien aqui.

— Por enquanto — respondeu Eydran. — Se a Cyryna te deu esse nome, é porque é importante de alguma forma.

— Fora que... — intrometeu-se Thoran, que sabia muito a respeito do assunto. — As pesquisas pleiadianas, realizadas em inúmeras espécies alienígenas, demonstram que existe uma estrutura base, uma porção comum a todos nós: uma porção muito significativa do nosso DNA, chamado Fonte, sempre se repete nas espécies inteligentes, ou seja, ele está presente em humanos *e* em alienígenas. Assim, o que diferencia as espécies é um segmento muito pequeno, que é o que as individualiza. De acordo com a nossa crença, todos viemos de um único ser Criador. — Thoran pegou uma das frutas que estavam em cima da mesa à frente do sofá e deu uma mordida. — Podemos fazer com vocês, Rezende e Julie, o mesmo processo que foi feito em Ava, pelo que Eydran disse.

— Não entendi nada... — Rezende cerrou os olhos, analisando Thoran, tentando descobrir se havia algo de errado. — Será que você poderia explicar melhor?

— É bem simples, Rezende — Zodba, que estava em pé atrás do sofá, ouvindo de maneira muito curiosa, interveio. — Lembram-se de quando falei que meu povo havia colonizado parte da Terra e que, com o tempo, perdeu parte das habilidades? É mais ou menos a mesma coisa. — Foi até o braço do sofá e sentou-se para que pudesse olhar para Rezende de frente. — Você e Julie são amostras de espécies que passaram pela mesma coisa. Assim, caso vocês aceitem ser testados no processo que eles estão mencionando, certamente vão desenvolver os *poderes*, por assim dizer, que seus antepassados tinham.

— Para tudo. — Julie se levantou e colocou as mãos na cintura. — Seremos cobaias? — Lançou um olhar muito sério e bravo para Ava, pois não queria ter o mesmo final trágico de Alex. — Eu ouvi direito? É isso mesmo?

— A técnica, é verdade, ainda está em fase de testes... — disse Thoran, um pouco inseguro. Depois, suspirou, sorriu e continuou, tentando inspirar confiança: — Pelos nossos cálculos e suposições, acreditamos que seja possível. — Baixou os olhos e confessou: — Mas não podemos garantir 100%. Por meio do Processo de Hibridização, ativaríamos o DNA alienígena em vocês. Primeiro, o equipamento procura o código genético da espécie predominante e, depois, por meio de uma radiação sutil, altera a expressão dos genes, o que faz com que vocês consigam resgatar e acessar as habilidades características da espécie alienígena predominante nos corpos de vocês.

— Que funciona, funciona... — continuou Zodba, olhando para Julie, que parecia bastante preocupada e com jeito de quem desistiria. — O que não sabemos é o grau de segurança que nosso equipamento oferece no estágio atual. Desenvolvemos o protótipo, que está na nave de Eydran, de acordo com um pedido do General Ashtar Sheran. Assim, tudo foi calculado para lidar com genes pleiadianos e humanos. — Zodba encarou Ava. — Como achamos que essa tecnologia podia ser útil para outros casos, com outras espécies humanoides, eu e Thoran fizemos mais este equipamento, mas para uso futuro. Não esperávamos ter que testá-lo tão rápido, ainda mais sem conhecimento sobre de quais espécies vocês descendem. — Suspirou, tentando passar confiança. — De acordo com nossos cálculos e suposições, o processo é seguro, do contrário, não proporíamos a ativação. A única coisa que nos falta é evidência empírica.

— Em outras palavras... — intrometeu-se Ava, quase ofendida. — Vocês estão dizendo que precisam é de provas concretas, ou seja, duas cobaias. — Puxou os amigos pelas mãos e posicionou-se na frente deles, protegendo-os. — A Pedra de Roswell me disse que eu conseguiria parar os reptilianos. Assim, prefiro acreditar que consigo fazer o que for preciso sem botar mais dois amigos em risco.

Julie e Rezende se entreolharam.

— Ava, quer saber? — Julie saiu de trás da amiga e voltou para o sofá. Ao sentar-se, estendeu as pernas e cruzou-as sobre a mesinha, sorrindo. — Nunca me diverti tanto. Como vou voltar para casa e simplesmente retomar minha vida tão... Sei lá, normal? — Fechou os olhos e reclinou-se no sofá com as mãos atrás da cabeça. — Nada. Eu topo! Quero uma aventura, quero ser uma super-heroína.

— Falou tudo, Julie... — disse Rezende, também saindo de trás de Ava e voltando para seu lugar no sofá. — Que graça vai ter voltar a dirigir aquela McLaren? Quero é voar agora. Sem chance.

— Gente... — Ava foi até eles, um pouco decepcionada. — Falei para vocês o que aconteceu comigo, os poderes novos, ou habilidades, sei lá, que surgiram em mim.

— Por isso mesmo, Ava — disse Rezende. — E se minha espécie alienígena soltar raios pelos olhos ou, sei lá, vem com uma ferramenta poderosa como o Thor? — Esticou a mão para cima com Julie, que sorria. — Estou dentro. Não volto atrás.

— Eu também.

32

— EM NOSSO PLANETA, NOS ALIMENTAMOS APENAS PELA MANHÃ, porque as refeições são muito mais nutritivas que as da Terra — disse Zodba para Ava, Rezende e Julie, no outro dia, enquanto se levantava da mesa posta nos interiores do castelo. — Além disso, estamos na sexta dimensão, o que diminui nossa necessidade de alimentação, mas, caso necessitem, providenciaremos algo para vocês comerem em outros horários. — Desceu as escadas do castelo e, ao ver que Thoran ainda bebia um copo de suco, disse: — Quer que te espere mais um pouco?

Ao ver que o amigo já se apressava, foi caminhando com Julie, Ava e Rezende na direção do hangar. Quando Thoran os alcançou, entraram. Pouco depois, viram Altrós que, na ponta dos pés, consertava a nave de Eydran, que flutuava, com maquinários e equipamentos avançados.

— Eydran... — disse Altrós, indo até ele com algo parecido com um tablet na mão. — Acho que encontrei uma coisa nada legal na sua nave, só preciso confirmar. — Apertou alguns ícones na tela e algumas peças da nave de Eydran se desencaixaram e pararam, flutuando. — Realmente. Pelo que consigo entender, os reptilianos fixaram um dispositivo localizador na parte externa da sua nave, ou seja, eles provavelmente sabem onde vocês estão agora.

— Mas, Altrós, por que minha nave não detectou e desativou esse dispositivo?

— Já está desativado, não se preocupe, mas ele pode ter sido lançado junto com o míssil reptiliano que atingiu vocês.

Zodba sorriu para Eydran de uma forma que ele entendeu que a hora havia chegado. Assim, esperou que Thoran, Ava, Julie e Rezende subissem a escada para o segundo andar do hangar e seguiu-os, deixando Altrós com sua nave. Naquela altura, Altrós estava cercado de ajudantes.

Zodba, depois de seguir por um longo corredor, abriu uma das portas e convidou-os a entrar.

— Aqui estamos, nossa tecnologia MARD: Módulo de Ativação e Recombinação de DNA.

Thoran e Zodba assumiram seus postos no equipamento e colocaram-no para funcionar. Nas telas, conforme os comandos eram ativados, uma série de códigos era processada a uma velocidade incrível.

— Thoran, os procedimentos do nível inicial estão concluídos — disse Zodba, observando a tela holográfica. — A etapa seguinte é com você.

— Vocês dois vão ter que entrar juntos... — disse Thoran, aproximando-se de Rezende e Julie, que estavam meio desconfiados. — Infelizmente, só temos composto para uma tentativa.

Julie e Rezende se entreolharam enquanto Thoran os ajudava a se acomodarem nas camas das cúpulas. Como acontecera com Ava, seus punhos, tornozelos e cinturas foram imobilizados, o que os deixou ainda mais nervosos. Depois de abrir uma pequena gaveta, Thoran retirou uma cartela com pequenos adesivos circulares brancos e sem fios, que instalou nos dois para monitorar seus sinais vitais.

Zodba pegou do painel um pequeno microfone sem fio.

— Tudo bem aí dentro? — ouviram a voz de Zodba, que apareceu nos alto-falantes no momento em que Thoran fechou a cúpula.

— Vou contar até três e iniciaremos o processo — explicou Thoran, pelos alto-falantes. Um, dois, três. — Empurrou uma alavanca e disse, para que Julie e Rezende ouvissem: — Processo de Hibridização iniciado.

Como acontecera com Ava, as cúpulas transparentes foram invadidas por uma névoa branca, o que fez com que Julie e Rezende se debatessem um pouco. Ava ficou tensa, pois se lembrava da sensação horrível de câimbra percorrendo seu corpo. Por mais que quisesse tirá-los de lá, conteve-se.

— Cinco segundos para finalização.

O nevoeiro, no interior da cúpula, foi sendo sugado por uma saída localizada na lateral e os dois, aos poucos, recuperaram o fôlego. Ainda grudados às camas pelas tiras, aguardaram até que os tremores causados pelo processo cessassem.

Quando o gás desapareceu totalmente, Thoran correu para as cúpulas. Ansioso, parou em frente e esperou que fossem liberados.

— Todos estão bem? — perguntou, aproximando-se. Colocou a mão na testa dos dois e, com um aparelho, testou seus reflexos fotomotores.

— De acordo com as leituras lá dentro, estava tudo bem, e acho que continua pelo que vejo. — Sorriu ao ver que, entre o cabelo loiro e rosa de Julie, havia duas orelhas pontudas. — Acho que você ficou muito bem de elfa. — Apontou para as próprias orelhas, tão pontudas quanto as dele. Sorriu. — Acho um charme.

Vermelha de vergonha, Julie não disse nada.

— Aguardem só um minuto. — Thoran encaminhou-se de volta à porta. — Preciso injetar só mais uma medicação em vocês. Deitem-se novamente.

Thoran voltou à mesa de controle. Depois de um comando, executou um último procedimento, o das agulhas, do qual Ava se lembrava muito bem.

Poucos minutos depois, os dois voltaram, acompanhados de Zodba, que, abraçado a Rezende, sorria, feliz por ele ter se revelado um titã como ele. Thoran, ao vê-los chegar, ajudou-os a retirar e a descartar os sensores que estavam fixados em seus corpos.

— Agora, não há tempo a perder. Vamos ao treinamento — disse Zodba.

33

JULIE MAL CONSEGUIA FALAR AO VER A REVOADA DE ELFOS VINDO em sua direção. Com asas brancas e translúcidas, eles refletiam o brilho do sol até o momento em que pousaram no gramado em frente ao castelo e as recolheram. Sem as orelhas pontiagudas, passariam despercebidos na Terra, com seus rostos levemente alongados e seus traços finos, comuns até.

Os elfos tinham um visual mais básico, as calças e blusas não variavam das cores branca, marrom e azul-marinho e calçavam botas de cano longo. As elfas também usavam esse tipo de botas, só que mais femininas, combinando com um vestido quase sempre de tom claro. Por cima, usavam sobrevestes de cor sólida, de um tecido mais pesado, lembrando o estilo medieval.

— Seja bem-vinda... — disse Angelee, a elfa que colocou sobre a testa de Julie uma tiara adornada, com pontas de cristais, e, depois, voou para junto dos outros.

Em seguida, chegaram dois dragões que, ao pousarem, se transformaram em Zena e Zodba.

— Julie, vejo que você já conheceu Angelee, irmã de Thoran — disse Zodba, ao ver a tiara na cabeça dela. — Aproveito para apresentar a você, a Ava e a Rezende... — Apontou para os dois. — Zena. — Voltou-se novamente para Julie e continuou: — De acordo com o combinado, é Angelee quem vai treinar você, ainda que Thoran também possa te auxiliar. Aliás, se eu o conheço bem, tenho certeza de que ele não vai querer se afastar do seu mais novo feito. Afinal, não é todo dia que ele dá uma de Deus e cria uma elfa "à sua imagem e semelhança"! — ele disse, riu e encarou Rezende. — Rapaz, você vai ser treinado por Zena, porque tenho que ajudar Altrós com o conserto da nave. — Encarou Ava.

— Você fica com Eydran, como já sabe. — Sorriu e foi caminhando na direção do hangar. — Até mais tarde e boa sorte. — Poucos passos adiante, virou-se, acenou e, como dragão, foi voando até lá.

Em pares, todos se afastaram. Ava, Rezende e Julie se olharam de longe, ansiosos, mas, ao mesmo tempo, sem saber o que esperar. A experiência era incrível, mas, ao mesmo tempo, estranha, pois, de uma hora para a outra, haviam se transformado em pessoas totalmente diferentes.

— Ava? — Eydran chamou. — Está me ouvindo?

— Sim, estou. — Ava virou-se para ele para ouvir melhor as instruções. — Entendi o que você estava falando. A principal defesa dos pleiadianos é o raio elétrico que produzimos com nossas mãos. — Levantou-as até a altura do peito e encarou-as. Primeiro a direita e, depois, a esquerda. — Tenho que visualizar, não é isso?

Eydran balançou a cabeça, satisfeito em saber que Ava havia realmente prestado atenção, mesmo enquanto se preocupava com os amigos Rezende e Julie.

— Calma, Ava! — disse Eydran se abaixando para desviar de um raio que ela havia criado. — Isso é perigoso... Esses disparos são tão letais quanto relâmpagos. — Esticou uma das mãos para cima e um raio luminescente disparou no ar. — Tente fazer assim, um disparo. Direcione-o com o pensamento.

Julie, um pouco afastada, ouvia Angelee explicar como fazer suas asas aparecerem e desaparecerem enquanto Thoran e alguns elfos a observavam para apreciar o resultado da experiência científica.

— Sinta seu corpo, Julie, porque o funcionamento das asas é instintivo. — Angelee fechou os olhos, balançou os ombros e mostrou suas asas. — Você não precisa pensar para usar suas pernas. Você só anda e elas funcionam. É a mesma coisa.

Julie, de olhos fechados, procurou concentrar-se, primeiro, em sua pele. Sentiu o toque dos tecidos, a temperatura do vento e como ela se espalhava por sua pele e balançava seus pelos. Um leve calafrio se espalhou por seus músculos das costas e algo frio saiu. Assustada, pulou para a frente e, depois, olhou sobre os ombros. Lá estavam elas, abertas, suas asas. Pareciam feitas de luz.

Curiosa, Julie tocou-as, o que fez com que adquirissem penas macias, muito leves. Quando desencostou as mãos, voltaram a ser somente translúcidas.

— É isso aí, Julie... — cumprimentou Angelee. — Nós, elfos, acreditamos que nossas asas são sagradas, que nasceram do amor entre uma elfa e um deus. Assim, celebre-o. Abra-as e voe.

Thoran e Angelee levantaram voo e, do alto, faziam gestos, chamando-a. Julie pulou algumas vezes, mas não conseguiu ganhar altura. Decidiu correr para pegar impulso, mas também não funcionou. Sentiu-se frustrada. Expressar as asas, que lhe pareciam uma coisa muito mais difícil, tinha acontecido de maneira tão natural. Resolveu tentar de novo.

Abaixou a cabeça, puxou os cabelos loiros e rosa para a parte de cima da cabeça e deu um nó. Depois, balançou os ombros e o pescoço. De olhos fechados, imaginou-se um pássaro em pleno voo e sentiu as asas mexendo e o ar passando mais rápido por sua pele.

— Consegui! — gritou Julie e fez uma pirueta.

Thoran, sorrindo, voou até ela, deixando Angelee, que conhecia o irmão e aquele brilho em seu olhar.

Os três, juntos com os outros elfos que assistiam, partiram então em um voo que se transformou no batizado, por assim dizer, da primeira elfa humana que voava no céu de Titã. Deixaram-se planar por um tempo em uma massa de ar quente que subia em forma de espiral, o que permitiu que Julie se divertisse e se acostumasse com a altura.

Quando pousaram, Angelee, disfarçadamente, lançou um olhar duro para Thoran como se pedisse para não se meter com sua pupila.

Enquanto Angelee explicava para Julie como podia fazer para que um arco e flecha mágicos surgissem, tarefa que lhe pareceu muito mais difícil do que aprender a usar suas asas, Zena se ocupava de treinar Rezende, o mais casca-grossa dos três, que passou o dia inteiro sem conseguir se transformar num dragão.

Ao anoitecer, os treinamentos foram suspensos. Ava e seus amigos retornaram aos seus aposentos no castelo.

Já Julie se distraiu um pouco desenhando, coisa que não fazia há tempos. Com Saturno de fundo, desenhou Thoran, com suas asas abertas e iniciou outra silhueta. Ao terminar o esboço, retocou os cabelos que havia criado para se parecerem com os seus.

Sentiu as bochechas ficarem vermelhas quando ouviu as batidas na porta, pois sentiu como se a tivessem pegado em flagrante.

Correu até lá e, ao abri-la, aprendeu o que eram bochechas vermelhas queimando de vergonha de verdade, porque quem lhe sorria no corredor era Thoran, que viera com um pacote nas mãos.

— Roupas de elfa para você, Julie.

— Para mim? — perguntou, meio sem saber o que dizer e não dese-
jando que ele percebesse o quão embaraçada ela se sentia. Emendou com
qualquer coisa: — Tenho que me vestir conforme a minha espécie agora?

— Claro que não, mas você vai precisar trocar de roupa, não? —
Estendeu os braços para que ela pegasse o presente e sorriu. — Consegui até alguns trajes pleiadianos para Ava e olha, pelo jeito que pegou as
roupas, acho que ela gostou da ideia de usar aquela farda cinza.

Enquanto ouvia-o falar, pensou nas folhas em cima da cama e moveu-
-se um pouco para que ele não o visse de maneira nenhuma. Depois, des-
pediu-se e fechou a porta. Se um dia tivesse coragem, mostraria o
desenho a ele, mas não naquele momento.

Do lado de dentro, encostada à parede, esperou que o coração se acalmasse. Depois, foi até a mesa que ficava no centro do quarto e abriu o papel.

A sobreveste vinho que ele havia escolhido era maravilhosa. Vendo-
-se no grande espelho de moldura de bronze que havia ao lado da porta,
achou-se perfeita, pronta para começar sua vida de elfa.

34

A PARTIR DO TERCEIRO DIA EM TITÃ, AVA, REZENDE E JULIE continuaram o treinamento no mesmo lugar, mas vestindo roupas tradicionais de suas espécies. O progresso vinha devagar, porque expressar as habilidades das espécies nem era tão problemático assim, menos para Rezende, que continuava tendo dificuldade em se transformar em dragão, para o desespero de Zena.

Na noite do quinto dia, Ava, preocupada com a lentidão de seu progresso, que começara tão rápido, e pela frustração de Julie e Rezende, foi até a varanda e deixou seu olhar se perder no céu. Queria que tudo acontecesse mais rápido, que já fossem o Esquadrão Alien e que estivessem ganhando a batalha para salvar a Terra. O tempo estava contra eles.

— Senti sua tristeza e vim conversar… — disse Eydran, na varanda ao lado dela. — Está tudo bem?

— Que susto, Eydran. — Levou as mãos ao peito, onde sentiu o coração acelerado.

Eydran ficou sem entender. Não desejava ter aquele tipo de reação, mas, ao mesmo tempo, ficou satisfeito por ter feito Ava se sentir surpresa, um sentimento que ela causava nele quase o tempo todo.

— Ava, já conversamos sobre como os pleiadianos funcionam, sobre nossas habilidades psíquicas. — Encarou-a por alguns momentos, decifrando o que ela tentava esconder, ele percebeu, por birra. — Assim, você sabe que não tem como fingir estar bem, ao menos, não para mim. Talvez para os seus amigos.

Ava não disse nada. Não havia gostado que Eydran tivesse se materializado ao lado dela, do nada, mas também não podia negar que gostaria de conversar com alguém. Os dias tinham se passado como um borrão, e ela mal se lembrava direito de quem era antes, a Ava Campbell, só

Campbell, a adolescente terráquea que vivia indo da escola para casa e de casa para a casa de Julie, nada mais.

— Ava, entendo que você e seus amigos estão enfrentando um momento de grande crise.

Eydran apoiou-se na mureta e olhou para o horizonte, evitando encará-la para não a deixar sem graça. Não desejava mais conflitos ou comentários sarcásticos, mas gostaria de uma conversa sincera para variar, o que o assustou um pouco, por contrariar os princípios pleiadianos.

— Até outro dia, vocês eram estudantes do ensino médio, mas, agora, têm que assumir um papel adulto, utilizando habilidades de uma espécie que vocês nem sabiam que carregavam em seus genes. — Eydran olhou-a de canto de olho e tentou sentir o que se passava pela cabeça de Ava, mas deu de cara com o muro novamente, o que fez surgir um sorriso nos lábios de Ava. — É meio que um problema de identidade, de entender quem vocês são. Traçar um limite entre quem vocês eram e quem vocês se tornaram. — Virou-se para ela e, seguindo os princípios éticos pleiadianos, propôs uma solução: — Por isso, tenho uma proposta. Treinem sem se preocupar até minha nave estar pronta. Caso até lá vocês achem que não estão prontos ou que não se sentem confortáveis com uma responsabilidade tão grande nas costas, monto outra equipe para ir para a Terra comigo e deixo vocês aqui em Titã. — Sorriu. — Como vocês dizem, sem pressão.

Ava balançou a cabeça e sorriu.

Parecia justo.

Encarou-o por alguns instantes.

Eydran ficava muito bonito iluminado à luz de Saturno.

Mais bonito do que ela devia achar.

Merda.

Será que ela estava se apaixonando?

Ainda mais por um cara tão frio, que tinha valores tão diferentes dos dela. Depois de alguns segundos, reconsiderou. Não eram tão diferentes assim, afinal de contas, ela era metade pleiadiana e, nos últimos dias, aprendera a usar aquele sentimento de calma mais do que qualquer outra habilidade que houvesse aflorado.

Ao perceber que Eydran talvez pudesse intuir o que ela estava pensando, partiu para o ataque e perguntou:

— Escuta, por que a sua farda tem esse símbolo com uma estrela dourada e a minha, não?

— Primeiro, aqui dentro do círculo, onde no meu caso tem a estrela, determina que sou Capitão. — Bateu duas vezes, de leve, sobre sua estrela. — As pequenas estrelas azuis ao redor do círculo, variam conforme a patente, no meu caso, tenho as quatro preenchidas, também por ser Capitão. O Imediato*, por exemplo, possui apenas três preenchidas.

— Eydran encarou-a, sério, um pouco preocupado por achar que Ava estava frustrada pela falta de reconhecimento em seu uniforme e não que estava mudando de assunto. — Até onde eu saiba, você ainda não tem nenhuma patente ou especialidade, certo?

Diante do silêncio, que Eydran entendeu como reprovação, ele resolveu falar sobre coisas mais triviais.

— Você e seus amigos têm sentido algum desconforto físico nos últimos dias? — Olhou-a, sinceramente interessado no que não tinham tempo de conversar durante o treinamento. — Sei que nos vemos todos os dias, mas queria saber se vocês precisam de mais algum tipo de ajuda, se sentem que tem alguma coisa faltando, algo que os fizesse sentir mais tranquilos, capazes de se descobrirem como novas versões de vocês mesmos.

Ava observou-o de canto de olho, achando estranha toda aquela preocupação tão pouco fria. Tão pouco pleiadiana.

Quando se virou para tirar um barato da cara dele, o pleiadiano tão frio e calculista, tão senhor de seus sentimentos, havia ido embora e, ao tentar senti-lo, recebeu, em resposta, o mesmo muro que ela havia aprendido a criar.

Sorriu ao perceber que ele tinha tido uma reação espontânea, isolando-a dos pensamentos dele.

Se ele estava fazendo aquilo, era porque tinha alguma coisa a esconder.

Voltou para a cama e cobriu a cabeça com o lençol.

Com os olhos fechados, pediu, com todas as forças, que ele não estivesse pensando em chamá-la para sair, porque, se tivesse que escolher um namorado, preferiria um com sangue quente.

*

CAPITÃO   IMEDIATO

35

NO SEXTO DIA, DEPOIS DE FAZEREM A REFEIÇÃO JUNTOS, TINHAM que ir ao campo de alvos, o que era mais fácil pelo ar. Assim, combinaram que Rezende iria nas costas de Zena, em forma de dragão, que Ava voaria com Tulpar e que Eydran, Julie e Thoran seguiriam atrás.

Pousaram em um gramado.

Quando Ava colocou os pés no chão, disse:

— *Swidy*.

E Tulpar alçou voo, sumindo no céu logo depois.

Ava caminhou até o grande pilar de pedra que, devido à sua base quadrangular e forma alongada, lembrava um obelisco do Antigo Egito. Deu a volta, observando os entalhes.

Nas duas laterais do obelisco, havia duas muretas de pedra paralelas, com um vão entre elas. A parede de trás era significativamente mais alta que a da frente, porque servia de bloqueio para as armas utilizadas nos treinamentos.

Thoran, ansioso, apressou o passo e foi até o obelisco. Apertou alguns pontos que se acendiam e apagavam e, poucos segundos depois, os alvos surgiram entre o vão das muretas e permaneceram flutuando, imóveis, diante das faixas brancas marcadas na grama para indicar as distâncias.

Enquanto Rezende e Ava recebiam instruções de Zena e Eydran, respectivamente, Thoran foi conversar com Julie.

— Espero que não se importe de treinar comigo hoje. — Thoran, sorrindo, aproximou-se. — Minha irmã foi visitar uma amiga que acabou de ter um bebê.

Julie sorriu, mas não respondeu.

— Bom... — emendou Thoran, desconfortável com o silêncio que Julie criara mais por se sentir tímida do que por querer dar um fora nele, mas ele não entendeu. — Vamos lá. Primeiro, se posicione de forma perpendicular à faixa branca e coloque o pé esquerdo sobre ela, depois posicione suas mãos como se estivesse armando um arco e se concentre. Como Angelee te mostrou nos primeiros dias, ele vai aparecer naturalmente. Assim.

Sorrindo, Thoran abriu as mãos e, como havia dito, lá estavam o arco e a flecha. Fechou, então, os olhos, mirando o alvo, que foi atingido em cheio. Quando ele soltou as mãos do arco, este desapareceu.

— Agora você. — Convidou-a, com um gesto de cabeça e um sorriso, a se aproximar. — Se quiser, posso te ajudar com a posição dos braços. — Abriu-os, fingindo atirar mil flechas na sequência. — Venha. Você vai ver que não é tão difícil assim.

Vencida, Julie aceitou. Tinha que aprender, dessa forma precisava continuar tentando.

— Assim. — Colocou os braços sobre os dela e melhorou a postura dos dedos e das costas. — Agora esvazie sua mente, como Angelee te disse, e faça o arco aparecer.

De olhos fechados, Julie se concentrou. O apoio dos braços dele a deixou um pouco mais segura, e logo ouviu o som de algo parecido com um apito, cujo volume foi aumentando juntamente com a vibração que se alastrava por seu corpo e se concentrou na ponta de seus dedos.

Quando abriu os olhos, lá estavam eles, o arco e a flecha.

— Agora, calma. Foco! — recomendou Thoran, com os lábios bem perto do ouvido dela. — A corda está esticada. Se você soltar tudo de uma vez, a flecha vai, mas se for muito devagar, ela some. Com o arco, é a mesma coisa. — Sorriu e deu de ombros. — Ou quase. O arco só se mantém materializado enquanto uma de suas mãos estiver em contato com ele. Agora, solte a flecha.

Com as mãos de Thoran sobre as dela, Julie soltou a corda do arco muito devagar, fazendo a flecha desaparecer.

— Viu? — Sorriu e, mantendo a mesma posição, continuou a ajudá-la. — Agora, puxe a corda novamente, mas com mais pegada e força.

Julie respirou fundo e, prestando o máximo de atenção possível ao processo em si, obedeceu. Assim, outra flecha surgiu.

— Com o arco na altura do seu nariz, mire a ponta da flecha no alvo e solte.

Thoran recuou um pouco e observou a trajetória da flecha, que acertou o alvo, mas errou o centro.

— Nada mal, Julie.

Entusiasmada, ela caiu no chão e chorou um pouco. Finalmente havia conseguido.

Depois de alguns momentos, já de pé, resolveu tentar de novo.

— Calma, deixa eu tentar sozinha — disse, e estendeu o braço, pedindo que Thoran permanecesse onde estava. Sorriu, provocativa: — Vamos ver como me saio sem distrações.

Thoran respondeu com um sorriso.

Julie, então, posicionou-se como ele havia orientado e, concentrando a atenção, mirou o alvo e soltou a corda, fazendo a flecha cortar o vento e cravar o centro do alvo.

Satisfeita, deixou o arco sumir e, cheia de si, abriu um sorriso para Thoran, esperando que o atingisse exatamente como aquela flecha.

No outro canto, Eydran e Ava ainda insistiam nos raios. Por mais que Ava tivesse conseguido logo de início, alguma coisa a perturbava, fazendo com que não conseguisse repetir o feito.

— Vamos continuar tentando até você conseguir — disse Eydran, que estava parado na frente dela. — Feche os olhos e se concentre em sua respiração. Relaxe. Mentalize a energia do universo entrando pela parte de cima da sua cabeça e, depois, pense nela se irradiando por todo o seu corpo e se concentrando em uma das suas mãos.

Ava percebeu os primeiros fluidos de energia movendo-se lentamente, como microchoques que aumentavam na ponta de seus dedos.

Ao abrir os olhos, deparou-se com Eydran, que, impressionado, sorria admirando os quase dois metros de raio que ela segurava, cujo tamanho era o dobro dos que ele conseguia materializar e lançar.

Assustada, mandou o raio na direção do alvo sem mirar, pois queria livrar-se dele logo.

Droga.

Tinha realmente acertado.

Olhou para Eydran, e os dois permaneceram calados, sem saber como reagir.

36

NO SÉTIMO DIA, O TREINAMENTO CONTINUOU NO CAMPO DE ALVOS.
Rezende continuava desanimado com o fracasso das incessantes tentativas de se transformar em dragão, sentimento que aumentou ao saber que Ava e Julie estavam progredindo sempre.

— Rezende, sente-se. — Zena indicou o gramado e sorriu, apontando para Zodba, que vinha caminhando da direção do hangar. — Hoje, chamei um grande amigo para se juntar a nós.

Zodba saudou os dois e se sentou junto com eles. Depois de se ajeitar, encarou Rezende e, com cara de poucos amigos, disse:

— Rezende, eu tenho um presente para você. — Zodba disse lhe dando um punhal — Pertenceu ao meu pai. Quero que fique com ele, para que leve no coração que você realmente é um de nós.

Era de um metal polido e brilhante, com punho rústico enrolado com tiras de couro.

— Rezende, agora, deixa eu ver se consigo te explicar melhor. — Bateu no peito com o punho fechado duas vezes e, depois de respirar fundo, continuou: — A primeira coisa que você tem que entender é que, na forma de dragão, você vai ter que aprender a lidar e a controlar a agressividade que esse animal traz junto com ele. — Olhou ao redor procurando por Ava ou Julie, mas elas estavam muito afastadas. Apontou para elas mesmo assim. — A não ser que você queira fazer churrasco das pessoas que você ama.

Rezende ouvia as palavras de Zodba. De olhos fechados, se concentrou na força que aquele animal enorme tinha que fazer para bater as asas e levantar voo e no poder que saía de sua garganta em forma de fogo.

Sentindo uma urgência nas pernas, correu e, depois, saltou. No momento em que se manteve no ar, sentiu como se um cristal explodisse e se transformasse em mil cacos brilhantes em seu peito.

Ao abrir os olhos, viu-se no céu, batendo suas enormes asas verme-lhas. Feliz, soltou um rugido de alegria que cortou o céu de Titã e, com sua cauda, chicoteou o vento, movido pelo calor selvagem que fervilhava em suas veias.

Mesmo com escamas muito grossas, sentia o frescor do vento e, com seus olhos dourados, situados quase lateralmente na cabeça, via o mundo de maneira muito mais abrangente, o que lhe permitia enxergar luz ultravioleta.

Depois de planar durante um tempo, contornou uma imponente colina e, com suas enormes patas traseiras, pousou no campo de alvos e dobrou as asas para trás.

Com um olhar feroz, aproximou-se de Julie e Ava, que haviam inter-rompido seus treinamentos para acompanhar a conquista do amigo. As duas sentiam o chão tremer a cada passo dado por Rezende.

Eydran, Zodba e Zena observavam a cena, prontos para entrar em ação caso necessário, mas Rezende se aproximou de maneira calma e encostou a cabeça no chão na frente delas, para que elas o acariciassem, e, depois, terminou de deitar-se.

As duas, sabendo-se seguras, passaram as mãos pelas escamas gros-sas que cobriam a pele de Rezende como se o parabenizassem pelo feito.

Sem uma palavra, os três suspiraram, unidos pelo sentimento de esta-rem progredindo. Lentamente, mas era melhor que nada. Assim, para comemorar, subiram no pescoço de Rezende, que, correndo com suas patas enormes pelo gramado, levantou voo e levou-as para um passeio.

37

NO DIA SEGUINTE, DURANTE A REFEIÇÃO MATINAL, ZODBA EXPLICOU aos visitantes que treinariam com alvos em movimento e informou que Thoran, por ter aceitado o convite de servir como Imediato na nave de Eydran, assumiria as funções de Zena e Angelee e se tornaria membro do Esquadrão Alien.

Ava, Rezende e Julie passaram o dia se adaptando ao novo instrutor e, no penúltimo de treinamento, Thoran, percebendo que todos estavam exaustos, encerrou as práticas no final da manhã e sugeriu que retornassem a pé para relaxarem e conhecerem a floresta de Titã.

Seguiram por uma trilha ladeada por frondosas árvores, cujas copas se entrelaçavam em um belíssimo túnel verde. Enquanto caminhavam, seus pés espalhavam uma fina camada de neblina que cobria toda a terra e seus ouvidos captavam os cantos exóticos dos inúmeros pássaros que os observavam de seus galhos ou voavam de uma árvore para outra, misturando-se às folhas.

Em torno das enormes raízes, enrolavam-se samambaias e diversos tipos de folhagens verdes, cujas flores lembravam bromélias. Por não ser uma floresta densa, a copa das árvores criava um mosaico de luz e sombra, dando à floresta uma aparência de bosque encantado.

Pouco adiante, finalmente chegaram onde Thoran desejava: o mirante de onde podiam ver o Vale dos Dragões. De lá, puderam contemplar todo o Vale, mas o que mais chamou a atenção de Ava, Julie e Rezende foi um grande lago cercado por uma floresta densa. As poucas áreas do Vale que recebiam raios de sol eram sobrevoadas por dragões azuis bem maiores que os vermelhos nos quais os titãs e as titânides se transformavam.

Ava, ao identificar um ponto brilhante ao longe, aproximou-se da beirada do mirante e observou. Depois de algum tempo, disse:

— Thoran, vocês têm naves em forma de charuto em Titã?

38

— AQUELE PONTO BRILHANTE... — DISSE AVA, INDICANDO A DIREÇÃO do reflexo com o dedo indicador. — Você não acha que parece uma nave reptiliana, não? Ali, na saída do Vale.

— Parece realmente com a nave que nos atacou e quase nos destruiu.

— Observou mais alguns segundos e, depois, virou-se para Ava, Thoran, Rezende e Julie com uma cara não muito otimista. — E olha que nem é a nave-mãe, que tem uns 680 metros de comprimento e é usada em batalhas. — Encostou-se na mureta e cruzou os braços. — Essa é uma nave auxiliar. Deve ter chegado aqui por causa das informações que obteve do localizador que Altrós encontrou. Até aí, tudo bem. Só não entendo o que eles querem.

— Eu tenho um palpite — disse Ava, segurando a Pedra de Roswell pendurada em seu pescoço. — Acho que esta é a chave sobre a qual os reptilianos falavam durante a conversa que eu gravei.

— Como podemos descobrir alguma coisa? — perguntou Rezende, preocupado com a situação. — Quem pode ir até o Vale para averiguar?

— Zodba e Zena — respondeu Thoran. — Titãs e titânides, na forma de dragão, não são atacados pelos dragões do Vale.

Os olhos de Rezende brilharam, certos de que podia fazer alguma coisa para ajudar. Assim, confiando na informação dada por Thoran, levantou voo. Tinha que resolver aquela situação.

Ao perceberem o que estava acontecendo, Eydran, Ava, Thoran e Julie foram atrás de Rezende, pois ele estava se metendo em um terreno muito perigoso.

As sombras das colinas sobre o Vale tornavam o lugar escuro e frio, e os poucos raios de sol do final de tarde atravessavam, com dificuldade, as copas robustas das árvores, onde moravam corujas pretas de olhos vermelhos e de chirriar sombrio.

Rezende, frustrado com a falta de ação da missão que ele havia proposto, balançou a cabeça, aborrecido.

— O que foi, Rezende? — perguntou Eydran usando um tom de voz e inferências que não considerou muito éticas segundo seus princípios, mas prosseguiu assim mesmo. — Está chateado por não ter nada para fazer por aqui?

— Deve ser, Eydran — emendou Thoran, bravo por estar em um lugar que considerava tão hostil. — Falta de controle, erro de iniciante. Impulsividade.

Ava, ao virar-se para tentar entender o que estava acontecendo, assustou-se com o animal que parecia um tigre-dentes-de-sabre e estava a poucos metros de Julie.

Lentamente, ele se movia, olhos fixos na elfa. De sua boca, duas longas presas se insinuavam, ameaçadoras e brancas, contrastando com a pelagem cinza e preta.

Passo a passo, suas pernas fortes se mexiam, chegando cada vez mais perto.

Julie, procurando não entrar em pânico, foi andando para trás, tentando ganhar mais distância.

— Thoran!

A voz de Julie saiu baixa, quase um sussurro.

Quando ele se virou, encarou a fera que, faminta, namorava sua próxima refeição.

39

O TIGRE TOMOU IMPULSO E SALTOU PARA ATACAR, RUGINDO. COM as garras para fora, abriu a boca novamente, mostrando seus caninos pontiagudos e ameaçadores. Quando tocou o chão novamente, tinha Julie e Thoran, que havia pulado para defendê-la, entre suas patas.

Julie fechou os olhos e segurou a mão de Thoran, crente que eram seus últimos segundos vivos, mas, depois de rugir novamente, o tigre levantou a cabeça e encarou os elfos. Depois, saltou e correu na direção contrária, sumindo por entre as árvores.

— O que aconteceu, Julie? — perguntou Ava se aproximando dela, levando a mão à sua testa, preocupada. — Como vocês mandaram um bicho daqueles embora?

Julie e Thoran se levantaram, confusos. Quando ela encarou Ava, identificou na amiga o mesmo olhar de dúvida que tinha, a mesma sede por respostas, então virou-se para Thoran, esperando que ele tivesse alguma explicação.

— Nem me olhe assim, Julie — disse Thoran, olhando para a área da floresta por onde o tigre tinha entrado. — Não tenho a menor noção do que aconteceu, sério. — Apontou para a margem do lago, que parecia mais segura por causa da falta de árvores. — Vamos. Está na hora de irmos. Por aqui, acho que vai ser mais seguro.

As folhas das árvores, balançando ao vento, espalhavam um cheiro de tempestade pelo ar, e os poucos raios de sol que conseguiam atravessar os galhos das árvores pareciam derrotados pelas trevas que começavam a cobrir a relva e as grossas raízes das árvores.

Olhando para o lago, Ava notou as primeiras gotas de chuva, que chegaram anunciando os relâmpagos e seus companheiros, os trovões. A água descia forte, incansável, formando inúmeras poças que dificultavam o caminho, pois ensopavam a terra e engoliam os pés de Ava, Julie, Eydran e Rezende, que tentavam se equilibrar enquanto seguiam por um barranco íngreme.

Droga.

Foi o que Ava conseguiu pensar antes de rolar até cair nas águas do lago.

Sentada e molhada até os ossos, tirou o cabelo do rosto, respirou fundo e tentou se levantar, mas caiu novamente. Ao olhar para as águas, percebeu as pequenas ondas que surgiam como se criadas pelo movimento de algo muito grande.

De longe, Thoran ouviu o som dos pássaros, que levantaram voo ignorando a chuva, mas obedecendo à urgência de fugir do que quer que estivesse se aproximando de onde eles estavam.

— Ava, não se mexa — disse Thoran, observando o enorme dragão azul que emergiu do lago rugindo e abrindo as asas.

Aterrorizada, Ava se virou, entregue ao calafrio que subiu por sua espinha e ao vapor quente que saía da boca do dragão que, com presas imensas, a ameaçava com a mesma fome do tigre que havia partido para cima de Julie.

Em um impulso, Ava levantou-se e, sem esforço algum, produziu um raio e mirou no pescoço do monstro.

— Não, Ava... — disse Thoran, segurando-lhe o braço para que não o atacasse. Apontou para o dorso do dragão. — Ela está carregando um filhote, olhe. Parece estar mais assustada que você.

— A quem você está tentando convencer, Thoran... — perguntou Ava, ainda com o raio na mão direita. — A mim ou a si mesmo, Thoran?

Ignorando a provocação de Ava, ele começou a assoviar e a realizar movimentos circulares com os braços para chamar a atenção do dragão.

— Ava, pode ir saindo, mas bem devagar.

Ava até tentou, mas sua ansiedade fez com que corresse, o que enfureceu o dragão fêmea, que rugiu novamente e, ao apoiar-se nas patas traseiras, acabou derrubando o filhote nas águas.

Julie, que observava de longe, viu um leve movimento na água e, sem hesitar, mergulhou. Quando emergiu, soltou o filhote, que a mãe pegou com os dentes e colocou sobre seu dorso. Depois, como se quisesse agradecer, abaixou a cabeça amistosamente para Julie.

— Você acabou de fazer uma amiga, Julie. — Respirou fundo, aliviado, e olhando os animais, sorriu. — Ou melhor, não um, mas dois.

Depois de acariciar as escamas de mãe e filho, Julie voltou a se juntar ao grupo, que continuava com o mesmo problema: saber o que aquela nave reptiliana fazia ali.

Por se sentir responsável pela enrascada em que seus amigos passaram, Rezende voou até o castelo levando a notícia.

Zodba, ao saber que havia reptilianos em Titã, saltou, transformou-se em dragão e voou. Com um grande e alto rugido, convocou a todos para se juntarem a ele na batalha que estava por vir, o que fez com que Angelee e outros elfos e Zena e os demais titãs e titânides se aprontassem para lutar.

Em seus corações, todos sabiam que a guerra havia chegado até eles... e muitas vidas seriam perdidas... mas ninguém iria recuar.

40

O ESTARDALHAÇO CAUSADO PELO DRAGÃO AZUL E SEU BEBÊ
acabou perturbando e enfurecendo os outros da espécie, que, formando
uma esquadrilha, levantaram voo e começaram a atacar a todos, até
mesmo os dragões vermelhos, que se defendiam jorrando labaredas de
fogo que se espalhavam como línguas de incêndio pelo Vale.

As chamas corriam e se apagavam e tornavam a ressurgir a cada novo
embate. No chão, corpos de elfos, de titãs e titânides atingidos eram dis-
putados ferozmente por tigres famintos e por bandos de hienas robustas vindos da floresta.

Rezende agarrou-se a um dragão azul e iniciou um movimento de
queda livre. Conforme giravam, ganhavam velocidade, e o seu sangue
vermelho jorrava mais forte e se espalhava pelas grossas escamas dos
dois, até que Rezende abocanhou o pescoço do dragão azul, que despen-
cou e se espatifou entre as árvores.

Avistando aquela batalha, os reptilianos começaram a sair da nave e
a correr pela floresta com seus fuzis eletromagnéticos em mãos. Enquanto
se movimentavam, atiravam contra os dragões vermelhos que, utilizando
sua visão ultravioleta, localizavam, abocanhavam e incendiavam os reptilianos, que corriam sem direção.

Thoran avistou Angelee voando com os outros elfos e foi ao seu
encontro, com Julie seguindo-o logo atrás.

— Angelee — gritou Thoran, aproximando-se dela junto com Julie.
— Estamos contabilizando muitas baixas, temos que contra-atacar. Me
dê cobertura contra os dragões azuis e os reptilianos para que possamos
cobrir o grupo deles com nossas flechas.

Angelee se virou para os elfos que a seguiam e passou as instruções.
Rapidamente, eles se espalharam pelo ar e pela floresta, disparando flechas de fogo que se cravavam no centro da cabeça dos reptilianos.

Alguns momentos depois, Thoran e Julie pousaram entre as árvores e fizeram um sinal para que Angelee se juntasse a eles. Escondidos entre as folhas grossas, estavam a salvo dos reptilianos, que não voavam, e dos dragões que, apesar de sua visão ultravioleta, enxergavam melhor quando suas presas permaneciam em movimento. Abraçados aos grossos galhos e com seus arcos preparados, os três esperaram pela passagem dos reptilianos, que não demoraram a chegar.

De maneira muito sincronizada, produziram um ataque eficiente, com dezenas de flechas disparadas com rapidez, e conseguiram abater todo o grupo.

Pulando de uma árvore para outra, Julie, Thoran e Angelee se aproximaram da nave reptiliana, cilíndrica, do mesmo modelo da nave do Central Park. Calados, observaram os tigres avançarem para cima de seus inimigos, que, desta vez, coincidiam.

Antes que terminassem o banquete, os tigres também foram atingidos por fuzis eletromagnéticos de outro grupo de reptilianos, que Julie, Angelee e Thoran voltaram a atacar com suas flechas.

Julie, ao ser atingida de raspão no braço, deu um grito. Thoran, ao perceber o ocorrido, disparou duas flechas em contra-ataque: a primeira acertou o reptiliano na barriga, e a segunda, na garganta.

Ao ver que estavam seguros, pelo menos naquele momento, Thoran rasgou um pedaço de sua camisa e enrolou-o no braço de Julie para estancar o sangramento.

Antes que tivessem tempo de retornar aos seus postos, Angelee foi atingida no peito e caiu, com as asas abertas, no chão. Ao presenciar a cena, Julie desceu apressada pelos galhos e abraçou o corpo quase sem vida de sua tutora. Ava e Eydran pousaram, atraídos pelo pranto de Julie.

— Não se preocupe, Julie — Angelee balbuciou, com dificuldade. — Elfos não choram pela morte, porque a vida é um eterno recomeço.

Thoran abaixou-se perto de Julie, desconcertado. Por mais que não visse a morte como uma coisa trágica, Angelee era sua irmã e merecia ser enterrada com dignidade. Assim, levantou-se e, com uma das mãos, fez com que a terra embaixo dela se movesse e abrisse um espaço para que as raízes das árvores envolvesse o corpo em um último abraço, criando um túmulo, que se cobriu de terra.

— Que a luz de Alcyone brilhe em você, Azoray — disse Ava, com a palma iluminada do jeito que Eydran havia ensinado. — Amigos. Temos que sair agora, somos um alvo fácil aqui.

41

PENSANDO NO QUE HAVIA PROMETIDO A CYRYNA, AVA PUXOU Eydran para longe dos outros, tirou a Pedra de Roswell de seu pescoço e a entregou a ele.

— Ninguém sabe por que esses reptilianos estão aqui, mas... Caso eles queiram minha pedra, não vão conseguir porque, como você não se cansa de dizer, vocês, pleiadian...

— Não, Ava. — Eydran admirou a pedra em sua palma e guardou-a no bolso da calça. — Nós, pleiadianos, nós. Acostume-se.

Droga.

Ele estava certo.

Tinha que respirar fundo e se concentrar, recuperar todo aquele progresso que fizera no treinamento e que, naquele momento de tensão real, parecia ter se perdido.

Por mais que tentasse, não conseguia invocar sua calma pleiadiana, somente sua ira terráquea, o que não era tão ruim assim.

Poucos momentos depois, correram em direção à rampa de acesso da nave, mas pararam para esperar por Rezende, que se aproximava voando, com suas enormes asas vermelhas, e por Julie e Thoran, que vieram por terra.

— Vamos logo — disse ele, após se transformar ao pousar. — Não vi nenhum reptiliano por perto.

Ao entrarem, notaram o piso liso e escuro, parecido com asfalto, e as paredes brancas, cobertas por inúmeros tipos de armamento.

Thoran, ouvindo atentamente os barulhos que os cercavam para não serem pegos de surpresa, disse em voz baixa: — Se acertarmos esta área aqui — apontou para o chão e para as paredes —, conseguiremos explodir tudo de uma vez só por causa das armas e granadas. Só precisamos descobrir onde fica a sala de comando.

— Ou não — disse Julie, indicando uma das quatro telas dos painéis de controle, em que encontrara algo que se parecia com uma planta do *layout* da nave. — Não pode ser isso, não?

Eydran, que entendia um pouco de reptiliano, aproximou-se da tela, ativou alguns comandos e, depois de uma análise rápida, concluiu que a sala de comando se localizava no segundo andar.

Eydran pediu silêncio ao grupo e apontou para uma porta que se abriu e deu acesso a escadas metálicas.

O segundo andar parecia mais requintado pela penumbra e pelo revestimento do corredor, que era feito de um metal polido e escuro, mas, na verdade, a iluminação e a cor da decoração eram intencionais, pois os reptilianos enxergavam melhor em ambientes com pouca luz.

Poucos passos adiante, Eydran parou em frente à tela que trazia o mapa das salas daquele andar. Mentalmente, se localizou e, contando as portas, parou diante daquela que julgava ser a sala de comando.

— É aqui.

A porta se abriu. Lá dentro, seis reptilianos monitoravam diversas telas. Antes que tivessem tempo de sacar suas armas, foram abatidos por Eydran e Rezende, que estreou com destreza o punhal presenteado por Zodba.

Em uma das mesas de comando, Eydran ativou alguns comandos e, finalmente, conseguiu acessar o arquivo que desejava.

— Bem... — disse Eydran, desconcertado. — Não sei como, mas os reptilianos conseguiram um arquivo secreto da Federação. — Rolou um pouco a tela. — Segundo ele, em 1996, a Federação descobriu, submersa na costa da Inglaterra, um exemplar muito, mas muito maior da Pedra de Roswell. — Eydran olhou surpreso para Ava. — Que curioso. Então, havia outra pedra além da sua... — Passou alguns segundos em silêncio, lendo e traduzindo mentalmente. Depois, prosseguiu: — Como a rocha tinha propriedades desconhecidas e um tipo de tecnologia avançada, a Federação decidiu estudá-la e, com o aval do governo britânico, enviou um grupo de seus melhores cientistas para analisá-la e retirar amostras. — Passou mais alguns segundos em silêncio. — Ah, ok. O problema foi que a pedra meio que se defendeu, pois ao se sentir ameaçada, arremessou o grupo para longe e muitos morreram. — Rolou a tela, olhou as figuras. — Bem, de acordo com o que diz aqui, descobriram outro exemplar ainda maior perto de Nova York. De alguma maneira, a Federação descobriu que toda a energia vital que rege o equilíbrio na Terra emana de lá, então sua remoção pode provocar tremores e catástrofes sem precedentes em todo o planeta.

Eydran se levantou, rosto impassível, e terminou de dar as informações que havia conseguido.

— Para nossa sorte, os reptilianos não conhecem a localização dessas pedras. Assim, por meio dos portais, estão mapeando a costa dos EUA para procurar a pedra que se encontra em território americano. Infelizmente, não consegui ler o resto, pois estava criptografado.

Droga.

Se a pedra de Ava era a menor, provavelmente era a chave que eles precisavam para colocar o plano deles em ação.

— Ava, acho que sua pedra realmente é a chave... — disse Eydran, como se lesse os pensamentos dela. — Mas isso é para mais tarde. Agora, temos que sair daqui e explodir esta nave.

De volta ao hangar, Eydran apanhou uma bomba no paiol de armas da área e a programou, mas, antes que pudesse ativá-la, foi surpreendido por um reptiliano que trazia Ava sob a mira de uma arma, pelo pescoço.

— Nem pensem. — Mexeu a arma, cutucando a têmpora de Ava. — Se você me entregar sua Pedra de Roswell, você e seus amigos saem vivos daqui.

Ava abriu a boca para falar alguma coisa, mas foi interrompida por Eydran.

— Aceito seu acordo! — gritou Eydran, segurando a pedra na mão, e levantou-a o máximo que pôde para que o reptiliano a visse.

— Jogue-a para cá, e deixo vocês correrem.

Ava, olhando a pedra voando até a mão do reptiliano, não sabia como reagir.

Desgraça.

Havia confiado em Eydran.

Havia prometido a Cyryna que manteria a pedra a salvo.

— Ninguém toca neles! — gritou o reptiliano para um grupo que havia acabado de chegar. — Fizemos um acordo. — Levantou o braço. — Tenho a Pedra de Roswell.

— Te pego na Terra — disse Ava, desafiando o reptiliano para um duelo. — Seu nome é...

— Winaar. — O reptiliano sorriu e fez uma cortesia sarcástica. — Vai ser um prazer, Ava!

42

SENTADA NA FLORESTA, AVA OLHAVA TODA A DESTRUIÇÃO.
Sentia-se um lixo, pois sabia que não poderia fazer muito. Ao ver Zodba se aproximar, fechou os olhos e suspirou, desconsolada.

Como previsto, poucos segundos depois, ouviu os soluços de seu choro sentido, das lágrimas que derramava por Angelee, que conhecia há tanto tempo.

— Venham — disse ele depois de se recuperar. Chamou todos os elfos, incluindo Thoran e Julie, em sua direção. — Vamos consertar a bagunça que ficou nesta floresta.

Com as mãos no solo, os elfos fizeram a fina camada de neblina subir do chão até a copa das árvores, apagando todos os focos de incêndio. Depois, cantaram, juntos, uma melodia que se espalhou pela floresta e atraiu os animais feridos de menor porte, que curaram.

Finalmente, pairaram sobre o Vale devastado e, com os braços estendidos, sacudiram as mãos, deixando fluir, pela área toda, flocos muito brancos.

Curiosa, Ava esticou a língua esperando pegar um floco de neve, mas se arrependeu, pois não sabia o que era aquilo, então cuspiu-o. Ao tocar no solo, ele desapareceu, dando lugar a uma planta esbranquiçada e diáfana que surgiu no mesmo ponto em que ele havia caído. Em meros segundos, a muda se tornou uma árvore translúcida que não parava de crescer: seus galhos se ramificaram e engrossaram, suas folhas transparentes se multiplicaram e seu caule engrossou, ganhando altura. Quando ela se estabilizou, foi substituída pela pequena muda que surgiu de dentro dela e se transformou em uma árvore real, verde e comum, como tantas na Terra.

Emocionada, Ava levantou voo, pois desejava ver toda aquela magia acontecendo em tempo real, restituindo todo o verde que havia sido destruído no Vale dos Dragões.

Se metade da população da Terra se unisse para fazer uma coisa do gênero, nossos problemas ambientais estariam resolvidos.

Quem sabe um dia.

Quem sabe se recuperasse sua pedra.

Imersa em tantos quem-sabes, Ava suspirou e admitiu sua derrota temporária.

Era hora de chorar os mortos, mas também de enxugar suas lágrimas e preparar-se para a próxima batalha.

Pensou em Winaar e sentiu a palma das mãos queimar. Ela iria encontrá-lo.

Era uma questão de tempo.

43

NO ÚLTIMO DIA QUE PASSARIAM EM TITÃ, AVA, REZENDE E JULIE cuidaram dos feridos.

Quando o sol começou a se pôr, os três juntaram-se aos cidadãos de Titã que, juntos, independentemente de serem de espécies diferentes, cantavam e honravam, com as flores que jogavam sobre as águas do mar, seus mortos. Foi uma cerimônia muito impactante para o trio... todas as pessoas unidas numa corrente consoladora... lidando com as perdas e prometendo viver pelo ideal pelo qual seus amigos haviam morrido. Dava para sentir uma vibração no ar... de força, que energizava a todos com coragem e um tanto de paz de espírito — sentimentos imprescindíveis para lidar com os novos desafios.

Com a chegada da noite, a multidão se dispersou e Ava e seus amigos foram até o terraço para encontrar Zodba, que os esperava sentado em uma almofada no chão, bem em frente à enorme estrela de sete pontas que, iluminada, ficava ainda mais incrível.

Enquanto esperava que sua nave fosse entregue, Eydran aproximou-se de Ava. Novamente, sentiu o frio na barriga, o que era um mau sinal. Durante toda a sua vida havia achado um absurdo o relacionamento entre o pai e a mãe dela e, naquele momento, percebia o quanto havia sido afetado por sua presença.

Preocupado, outro sentimento inédito para ele, olhou para o céu e observou Saturno, que parecia ter mergulhado no mar, pintando as águas com um sutil tom de dourado.

— Noite linda, não acha, Ava?

Muda, encarou-o, desconfiada.

Por que ele estava chegando daquele jeito, com a fala mansa, uma pergunta inocente e o olhar perdido?

Será que ele estava se apaixonando por ela?

Seu coração acelerou. Era um mau sinal sobre seus sentimentos também...

E voltou a olhar Evdran de forma diferente.

44

UMA RAMPA SE ESTENDEU ATÉ A NAVE DE EYDRAN QUANDO ELA pairou em frente ao terraço, o que fez com que Ava, Rezende e Julie entendessem que era hora de o Esquadrão Alien partir para a Terra.

Antes que entrasse pela rampa de acesso, Ava prestou continência para Zodba, demonstrando seu profundo respeito, como também fizeram Rezende e Julie.

— Foi um prazer, meus amigos — disse Zodba, olhando para cima e observando Tulpar pousar e se juntar a Ava dentro da nave, e acenou. — Que alcancem sucesso nessa grande missão.

A rampa se fechou.

— O dispositivo de desbloqueio está conectado à nave e será ativado assim que detectar a presença do campo reptiliano — disse a voz de Altrós para Eydran, pelo comunicador. — Até a próxima.

— Obrigado e até a próxima — respondeu Eydran, que assumiu seu posto na cadeira de comando e executou alguns procedimentos, inclusive abrindo a porta onde Ava deveria manter Tulpar. — Agora vocês, Julie, Ava e Rezende, vistam seus uniformes. Thoran, assuma como Imediato. Seus uniformes estão à primeira porta à direita.

Depois de algum tempo, os três retornaram. Rezende, Ava e Julie sentaram-se nas cadeiras que ficavam em um nível abaixo e ao redor da cadeira central de comando, de onde Eydran comandava a nave.

Thoran retornou logo depois. Em seu peito, trazia o símbolo que representava o posto de Imediato e, por já conhecer a nave, ocupou sua cadeira junto de Eydran, que apertou um botão e fez com que todos os cintos de segurança se afivelassem automaticamente. Rezende, Ava e Julie, carregavam no peito o símbolo referente as suas respectivas espécies.

— Todo mundo pronto? — Eydran perguntou.

Thoran acessou alguns comandos e começou a analisar os dados na tela à sua frente.

Como haviam combinado, primeiro tentariam contatar a embaixada reptiliana para tentar descobrir o que os indivíduos hostis queriam fazer com as Pedras de Roswell. Depois, se encontrariam com autoridades norte-americanas para reportar um possível atentado e para prepararem juntos um contra-ataque.

Eydran começou a executar alguns comandos em uma tela à sua frente.

— *Informar código de acesso* — pediu o módulo de comunicação.

— 10-565, Plêiades-Atlas-Pleyone.

— *Código de acesso confirmado. Bem-vindo a bordo, Capitão Eydran.*

Telas holográficas surgiram à esquerda e à direita de Eydran e Thoran, e ambos foram acionando comandos sobre elas.

— Capitão, iniciado processo de acionamento do campo magnético para sustentação do combustível.

— Ok, motores ligados.

— *Iniciando processo de partida do motor principal, Capitão.*

— Partida do motor principal iniciada — Thoran disse.

— *Iniciando decolagem, Capitão.*

A nave decolou, cortou o céu de Titã e adentrou no espaço sideral.

— Thoran, preparar propulsores de dobra.

— *Propulsores e motores de dobra ao seu comando!*

Thoran olhou para Eydran, impaciente, porque percebeu que o computador de bordo estava de fato conseguindo atender aos comandos do Capitão mais rápido do que ele.

— Sistemas de engenharia, ok?

— *Sistemas ok, Capitão.*

— Como é que é, Eydran? Quem, afinal, é o seu Imediato, eu ou esse chato desse computador? Não dá para deixá-lo no "mudo"?

TITÃS   PLEIADIANOS   ELFOS

— Ok, você venceu. Módulo mudo de navegação ativado. Concentre-se, Thoran. Traçar curso para Terra.

— Curso traçado, Capitão — Thoran respondeu de imediato, sentindo-se mais à vontade por não ter que disputar com o módulo de comunicação.

— Ativar Acelerador de Partícula Universal.

— Partículas Universais prontas. Abertura de portal iniciada.

Um portal espiralado nas cores violeta e rosa surgiu na frente da nave.

— Portal pronto, ao seu comando.

— Procedimento de entrada em 3, 2, 1.

A nave mergulhou no centro da espiral, e a tela panorâmica foi tomada por tons que iam do violeta ao rosa, com toques de branco brilhante.

Depois de algum tempo de travessia, eles se depararam com a Terra, que estava envolvida por um campo branco translúcido.

— Thoran, verifique se o dispositivo já detectou a presença do campo reptiliano.

— Sim, já o detectou, Capitão, e já está ativado.

— Eydran, temos nove segundos — disse Thoran, analisando a abertura pela qual podiam passar.

Eydran empurrou os manetes de aceleração ao máximo, e a nave disparou, atravessando o campo quase no momento em que ele se fechava.

— Estamos no Triângulo das Bermudas. Aliás, querem saber outro segredo alienígena? — disse Eydran enquanto apertava diversos botões.

— Esta rota é uma das preferidas para entrar e sair da Terra, porque o campo eletromagnético encontrado aqui facilita a abertura de portais. — Virou-se para Thoran e pediu: — Ative o módulo invisibilidade.

— Módulo invisibilidade ativado, Capitão. São 7h08 no fuso horário de Nova York. Estamos a um dia do ataqu...

Thoran foi interrompido por um estrondo.

— FOMOS ATINGIDOS POR FOGUETES REPTILIANOS! — disse ele, analisando os dados na tela holográfica.

— THORAN, ACIONAR ESCUDOS.

— Escudos acionados.

— Como conseguiram nos achar? — Ava perguntou.

— Nós os subestimamos novamente... Eles devem ter os próprios satélites. Certamente estão monitorando o Triângulo das Bermudas e o espaço aéreo dos Estados Unidos. — Olhando as telas que os cercavam, Eydran falou com Thoran. — RELATÓRIO DE DANOS.

— Relatório de danos disponível. Modo invisibilidade desabilitado. Motores auxiliares em 50%. Propulsores auxiliares em 37%. Motores e propulsores de dobra inoperantes.

Na tela, o esquadrão viu dezenas de naves reptilianas saírem de um portal que, como o campo que haviam usado há pouco, se fechou rapidamente. Eram de cor cobre, alongadas e compactas, e deviam ter cerca de dez metros, sem qualquer cobertura ou proteção. Os pilotos ocupavam a área arredondada localizada na parte dianteira, enquanto a traseira era mais estreita e alongada, com *design* aerodinâmico, Denominadas RP-99.

— Thoran, preparar mísseis.

— Mísseis prontos, Capitão.

— Lançando mísseis em 3, 2, 1.

As RP-99 despencaram no mar do Triângulo das Bermudas, mas houve um contra-ataque, que veio sob a forma de um foguete, que os acertou em cheio.

— Capitão, fomos atingidos! Escudos traseiros em 40%.

Poucos segundos depois, ouviram outro forte estrondo.

— Mais danos à nave, Capitão.

— Onde foi dessa vez?

— Anteparo traseiro. Escudos traseiros a 25% e caindo.

— Desviar força de motores auxiliares para escudos traseiros.

— Força desviada. Escudos traseiros a 57%.

— Preparar mísseis traseiros.

— Mísseis prontos, Capitão.

— Lançamento em 3, 2, 1.

Mesmo tendo eliminado outros reptilianos, Eydran e Thoran não conseguiram evitar que fossem atingidos de novo.

— Capitão, segurança da nave comprometida nível 1.

— Preparar evasão, Thoran. Me dê 15% de potência. O resto eu faço com os propulsores auxiliares.

— Arranque em 3, 2, 1.

— Propulsores auxiliares em funcionamento. Executando evasão.

Antes que pudessem sair dali, a nave sofreu outro ataque.

— Segurança da nave comprometida nível 2. Sistema de Reator atingido e em processo de curto. Precisamos abandonar a nave.

— Quanto tempo temos, Thoran?

— Garantido? Meia hora, não mais. Depois disso, nossa nave pode explodir a qualquer momento.

— Eles estão em maior número. Não temos chance de lutar aqui. Precisaríamos de muita ajuda extra.

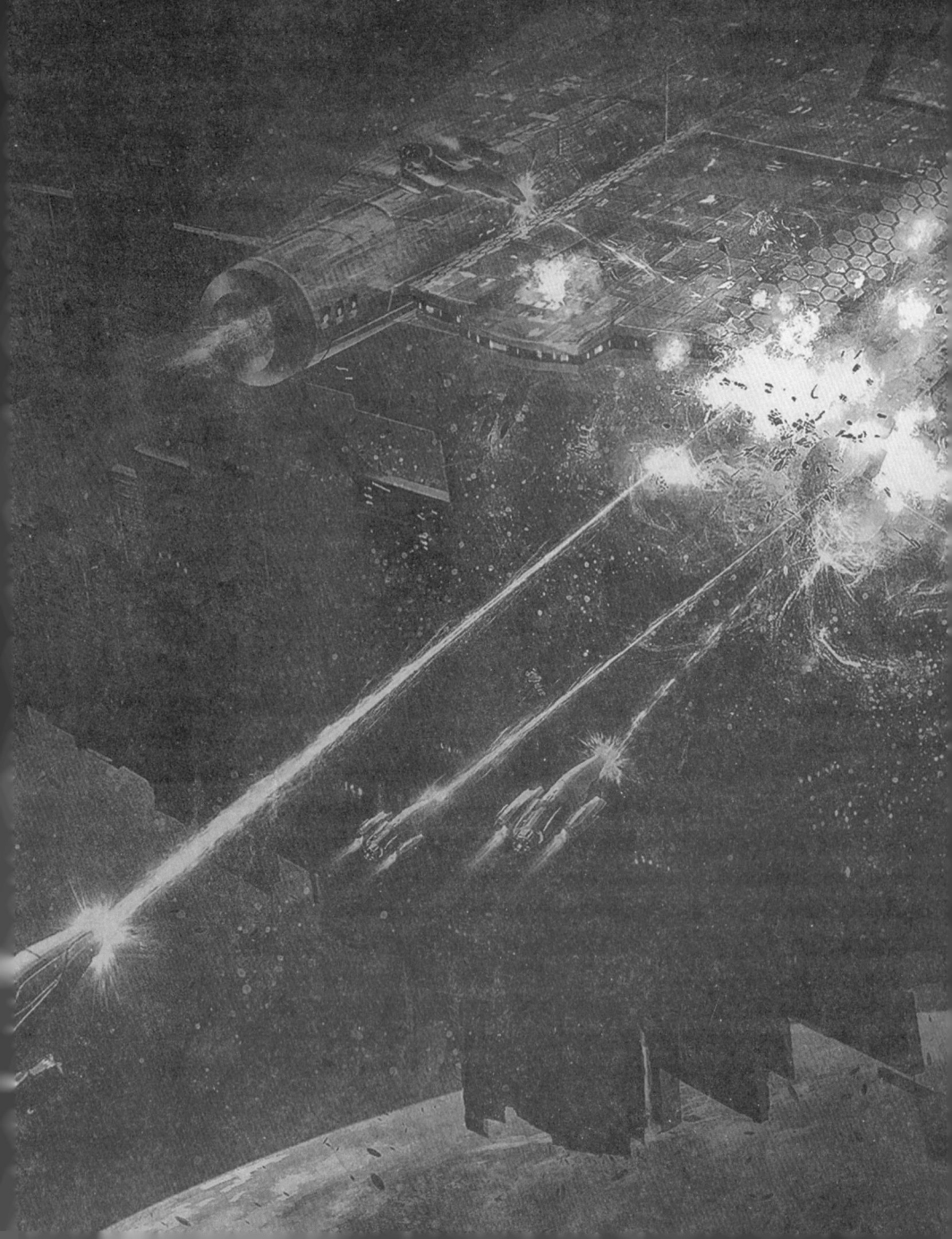

45

EYDRAN ACIONOU O PISO, QUE SE ABRIU E PERMITIU QUE AVA
saísse montada em Tulpar. Em seguida, saíram da nave Julie e Rezende,
que se transformou em dragão e soltou um rugido estrondoso.

Os três, boquiabertos, travaram ao ver o clarão nas nuvens. Sentiram
um aperto e dor que pareceu dilacerar a alma deles...

Poucos segundos depois, sentiram um enorme alívio ao identifica-
rem Eydran e Thoran, que voavam para longe da explosão.

Ava olhou a cena sem querer acreditar.

Estavam perdendo feio a batalha... Nada daquilo estava em seus
planos.

Queria ter chegado, resolvido a situação e acertado as contas com
Winaar, mas esse encontro parecia cada vez mais difícil de acontecer.

Brava, empurrou esses pensamentos para longe e ocupou-se da batalha.

As investidas do inimigo eram muito agressivas, mas o esquadrão se
manteve firme. Enquanto Julie e Thoran atacavam com flechas, Rezende
lançava labaredas enormes e Ava e Eydran reforçavam a estratégia com
seus raios, fazendo com que cada vez mais corpos de reptilianos despen-
cassem nas águas azuis, revoltas pelo movimento da batalha.

— Eles estão fugindo — disse Julie. — A gente não deveria ir atrás
e acabar com todos?

— Não. Deixem o resto deles levar aos outros o troféu da derrota —
disse Thoran.

Eydran concordou com a cabeça.

— Exatamente. No próximo confronto, os que ainda não nos conhecem terão ouvido falar de nós e vão saber do que somos capazes.

Pouco depois, Thoran estendeu uma das mãos e fez surgir um portal
abaixo do esquadrão, e partiram para encontrar a sede da embaixada
reptiliana.

Eydran, Thoran, Ava, Rezende e Julie surgiram em uma pequena faixa de areia dentro de uma caverna. A temperatura era amena, mas a maresia incomodava um pouco.

Ava, ao olhar para o teto, não conseguia acreditar que os fios azuis e luminescentes, que desciam das rochas, e iluminavam um rio subterrâneo e estreito que cortava o interior da caverna, eram uma paisagem terrestre.

— Bem-vinda à Nova Zelândia — disse Thoran ao notar o fascínio expresso nos olhos dela. — Estamos em Waitomo, uma cidade localizada na parte norte do país. Este sistema de cavernas é chamado de Glow-worm Caves pelos habitantes locais, mas esta caverna aqui... — Apontou para o chão. — Como é o local onde os reptilianos vivem, só pode ser acessado através do portal. — Sorriu para Julie e, fascinado por seus olhos, continuou: — Os pontos brilhantes que vocês veem são produzidos pela larva de uma mosca chamada Arachnocampa. Durante seu ciclo de vida, ela se aloja no teto da caverna e produz esse fio bioluminescente, um sistema de iluminação que os reptilianos costumavam usar na época do Antigo Egito.

Pouco adiante, encontraram algumas canoas amarradas a estacas de madeira fixadas em uma pedra da caverna. Eydran puxou uma delas e sentou-se, calculando que havia espaço suficiente para os outros, que ocuparam seus lugares em seguida.

Eydran e Rezende pegaram os dois remos e colocaram o barco em movimento. Um pouco à frente, encontraram uma grande rocha que os impedia de continuar na embarcação, então Eydran a amarrou a um tronco de madeira.

Caminharam um pouco, e a aproximação deles fez com que uma rocha deslizasse para a lateral para que eles passassem e, depois, se fechasse automaticamente. Naquele salão, o pé-direito era bem mais alto, o que permitia que os fios luminosos que pendiam do teto fossem muito mais longos.

Atravessaram a ponte de madeira que ligava as duas margens do rio e, do outro lado, encontraram um elevador cilíndrico todo envidraçado, no qual entraram para chegar até o acesso ao portal. De repente, o elevador parou num tranco, e todos aguardaram em silêncio, preparados para o pior.

46

QUANDO AS PORTAS SE ABRIRAM, PASSARAM À SALA ADJACENTE, cujo piso e paredes tinham a cor de um metal escuro. Nela, encontraram uma reptiliana que, em frente a um computador, vestia um macacão feito de um tecido que lembrava neoprene.

Depois de entrarem, ela se aproximou de Eydran e lhe passou algumas orientações no idioma local, além de lhe entregar um tipo de tablet.

— Meu nome é Zihaar — apresentou-se, em inglês. — Por favor, preencham com os dados de vocês. — Foi passando os campos com o dedo indicador para que Eydran pudesse entender melhor o formulário.

— Quando tiverem terminado, me devolvam para que eu possa encaminhá-los, caso seu pedido seja aceito, para a divisão que cuida do assunto que desejam tratar.

Eydran fez como orientado e, em poucos minutos, devolveu o tablet para Zihaar, que conferiu as informações, entrou por uma porta ao lado de sua mesa e, depois de alguns instantes, voltou.

— Podem entrar — disse, apontando na direção da porta pela qual tinha acabado de passar.

Na sala de reuniões, foram recebidos por um reptiliano de óculos, que usava o mesmo uniforme que Zihaar.

— Sentem-se, por favor — disse o reptiliano em um inglês quase sem sotaque.

Rezende nem piscava, sem acreditar que estavam ali, numa sala, sendo recebidos por um reptiliano.

Eles se sentaram e Zihaar se retirou, fechando a porta. Ava, observando a paisagem que se descortinava por trás das paredes envidraçadas e à prova de som, quase duvidava de seus olhos, pois Hexlimus, o mundo intraterrestre onde estavam, se parecia muito com o inferno de seu imaginário.

Quando olhou para cima, sentiu-se aterrorizada ao ver que, em vez de um sol amarelo e brilhante, os reptilianos tinham, em seu "céu", o núcleo da Terra, amedrontadoramente vermelho e laranja.

O núcleo da Terra estava em um estado de transição dimensional. Refletia muito sua luz, mas emanava bem pouco calor. E o que pareciam nuvens, eram consequências da transição dimensional.

Depois de se recuperar do susto, notou os prédios envidraçados em forma de pirâmide. Seus andares eram divididos por pisos metálicos e suas bases eram cercadas por enormes rochas, mas sem nenhuma vegetação. Alguns reptilianos caminhavam sobre as pontes e umas poucas crianças brincavam, empurrando umas às outras sem preocupações.

— Meu nome é Raar. — Levantou-se da cadeira e foi até o vidro, observando o lado de fora por alguns momentos. — Em primeiro lugar, gostaria de informar que o nosso governo não apoia a atitude dessa facção reptiliana e, caso tivéssemos conhecimento de qualquer coisa do gênero, teríamos avisado a Federação imediatamente, mas o sinal de comunicação com ela foi bloqueado.

— Nesse caso, pressuponho que vocês tenham preparado suas naves para nos ajudar, já que ela se originou daqui — disse Rezende, com um olhar desafiador. — Nada mais justo.

— Escute bem, meu jovem — o reptiliano disse, com discreta irritação —, há muito tempo o nosso governo não tem boas relações com o seu governo e muito menos com a Federação. Não tenho obrigação nenhuma para com vocês. Já estou repassando as informações sobre o possível ataque, então essa será a nossa colaboração.

— Você sabe o motivo do ataque? — perguntou Eydran, tentando controlar os ânimos dos dois lados.

— Sim. Vivemos em um buraco escuro e úmido, que não oferece condições de vida iguais às que os humanos têm lá em cima, na superfície. Há séculos, nossos cientistas tentam descobrir um planeta com condições ambientais favoráveis para vivermos, mas alguns reptilianos não estão mais dispostos a esperar, sobretudo depois que um dos nossos hackers descobriu um arquivo da Federação sobre os dois exemplares gigantes da Pedra de Roswell, especialmente a maior, localizada em Nova York, chamada de pedra-mãe. Com ela, é possível, utilizando a tecnologia certa, claro, criar um planeta inteiro.

Ava observava-o, utilizando seus poderes psíquicos para ver se descobria algo que ele não estava contando, mas Raar também sabia bloquear invasão telepática.

— Essas pedras regem o equilíbrio da Terra e são utilizadas pela Energia Superior, que criou a tudo e a todos, para transmutar o poder que mantém a estabilidade do planeta. Assim, de acordo com os estudos da Federação, essas duas rochas gigantes poderiam também causar catástrofes naturais se fossem afetadas de alguma forma. — Ele voltou a se sentar e ajeitou a cadeira. — Isso se comprovou quando um agroglifo, aqueles círculos nas plantações, apareceu na cidade de Chiseldon, na Inglaterra, com o desenho da Pedra de Roswell. — Fez uma pausa, pensando em que palavras utilizar. Depois, continuou, girando os dedões. — Chamem do que vocês quiserem: Inteligência Superior, Energia Consciente... O fato é que o agroglifo foi um recado para que ninguém ousasse mexer nos artefatos sagrados deixados na Inglaterra e em Nova York.

— Escuta, Raar... — Ava apoiou os cotovelos na mesa e encarou-o, ainda tentando obter mais informações. — E a minha Pedra de Roswell, quero dizer, a menor? Tem alguma ideia do que eles querem com ela?

— Há quem acredite que ela seja um tipo de chave que conduz Àquele que tudo criou e que estabeleceu todas as leis universais — respondeu Raar. — Dizem também que ela permite arrancar a Pedra de Roswell gigante da costa de Nova York e controlar a sua energia. Em outras palavras, a chave permite o roubo. E se a pedra gigante for removida, o planeta entrará em um colapso muito grande. — Raar voltou a se levantar parecendo um pouco desconfortável com o interrogatório. — Voltando à sua pedra. — Olhou para Ava. — A pequena Pedra de Roswell será encaixada em uma tecnologia que vai criar um tipo de sonda que se estenderá até alcançar a pedra-mãe no fundo do mar. Então, ela será retirada de seu local de origem e colocada na nave-mãe. Vocês não podem deixar o artefato gigante sair do mar por completo, porque, se isso acontecer, as catástrofes vão começar. Para evitar tudo isso, vocês vão precisar entrar na nave-mãe e recuperar a chave, a pequena Pedra de Roswell, de volta.

— Tem noção de quantos reptilianos fazem parte dessa facção? — Rezende perguntou.

— De acordo com as informações que temos, cerca de quinhentos. Os dissidentes, depois de tomarem parte de nossos meios de comunicação, fizeram um discurso que convenceu muitos de nós a aderirem à causa. Depois, com a ajuda de membros do nosso próprio Exército, ainda roubaram uma nave-mãe e outras tantas auxiliares.

Raar fez uma pausa e tomou um gole de um líquido colorido que colocou em um copo transparente. Sem oferecê-lo aos visitantes, voltou para a mesa e, depois de sentar-se, balançou o encosto da cadeira algumas vezes e continuou:

— Conseguimos nos infiltrar em uma das facções, assim descobrimos que vão iniciar o processo hoje à tarde, no horário de Nova York. — Balançou a cabeça, parecendo incrédulo. — Era para acontecer amanhã, mas, como conseguiram a pequena Pedra de Roswell, descobriram a localização da pedra-mãe. — Então mostrou um leve sorriso que pareceu fora de hora. — Só que, para o azar deles, um porta-aviões americano está efetuando manobras e treinamentos a 380 quilômetros da costa de Nova York, bem perto de onde eles vão fazer a retirada — Raar disse e começou a ativar alguns comandos em seu tablet, que estendeu para eles. — Aqui, vocês encontrarão tudo que precisam saber sobre a nave--mãe e as de apoio. Há imagens holográficas e muitos dados. É toda a ajuda que podemos oferecer nesse momento.

— Agradeço em nome da Federação... — disse Eydran, e pegou o tablet para levar consigo.

— Vocês estão partindo para Nova York agora? — perguntou Raar.

— Sim.

— Posso dar um jeito nisso.

Quando saíram da sala, foram recebidos novamente por Zihaar, que os acompanhou até o elevador e programou o destino.

Ava, Rezende, Eydran, Thoran e Julie ficaram olhando para o lado de fora, observando tantas camadas de pedra.

Quando o elevador parou, suas portas se abriram.

— *Bem-vindos ao Grand Central Terminal, em Nova York* — anunciou uma voz digitalizada.

47

– EYDRAN, AONDE ESTAMOS INDO? – PERGUNTOU AVA.

— À NSA 2, uma agência ultrassecreta americana que lida com questões extraterrestres, como intercâmbio de tecnologia, espionagem, relações e segurança interplanetárias. — Parou para esperar Rezende, que havia se distraído com as vitrines no caminho. Então, olhou-os. — Por enquanto, não posso dizer a vocês onde ela se localiza.

Depois de alguns minutos, Eydran parou em frente à "Galeria de Sussurros", como é conhecida uma sala quadrada do terminal, cujo teto tem forma de cúpula. Como não estava vazia, tiveram que aguardar um pouco.

Quando se encontravam sozinhos, Eydran foi até uma das extremidades da cúpula da sala, tocou-a e um portal se formou, dando à área uma aparência ligeiramente translúcida, quase que imperceptível, por onde o esquadrão atravessou.

Ava, que demorou um pouco se certificando de que ninguém os seguia, assustou-se ao ver-se saindo de um espelho vertical em um banheiro, ainda mais quando viu Galaxy, uma incrível humanoide que parecia ter o cosmos pintado em cada polegada da sua pele.

Perto dali, outra alienígena, com aparência felina, veio de um corredor. Seu corpo era esguio e as orelhas, afiladas no alto da cabeça, terminavam com uma plumagem fina, em tons brancos.

— Meu nome é Fenly. Por favor, queiram me acompanhar — disse e saiu caminhando, com um andar elegante.

Galaxy e Fenly, assim como todos por ali, vestiam fardas padronizadas da NSA 2, um modelo parecido com o uniforme que Eydran usava por ser parte da Federação, mas em azul-marinho. Na altura do peito, a sigla NSA 2 e, embaixo dela, o discreto desenho de um disco voador estilizado.

Fenly continuou guiando o grupo ao lado de Galaxy. Passaram por inúmeros corredores sem janelas, iluminados por luz indireta artificial para proteger as instalações de inimigos ou curiosos. Um pouco adiante, Fenly abriu uma porta e encostou o indicador em um pequeno dispositivo de leitura biométrica fixado na parede.

— Por aqui.

Quando todos entraram, Fenly e Galaxy foram embora, e a porta se fechou. Sentado à cabeceira de uma mesa de reunião, havia um homem de pele preta, de meia-idade, vestindo um terno alinhado, com o olhar de quem guardava muitos segredos, mas foi um alien da espécie gray de porte pequeno que se aproximou de Eydran.

Vestia o dólmã padrão da NSA 2 e, ao contrário do que o nome de sua espécie significava, era verde, uma das diversas possibilidades de tons de pele em seu planeta.

— Sejam bem-vindos. — Estendeu a mão e cumprimentou todos. — Meu nome é Grad. — Depois, dirigiu-se a Eydran: — Há quanto tempo.

— Sorriu para ele e virou-se para o homem que estava na cabeceira da mesa. — Este, senhores, é o Sr. Howard, o novo diretor.

Ele sorriu e, apontando para as cadeiras, convidou todos a se sentarem.

— É um prazer conhecer você pessoalmente, Eydran. Você é um dos nossos melhores colaboradores, mesmo tendo apenas 21 anos. — Inclinou-se um pouco para a frente, interessado. — Em que posso ajudá-los?

Eydran resumiu tudo que sabiam sobre o plano dos reptilianos.

— Grad... — perguntou Howard. — Você sabe qual dos nossos porta-aviões está a 380 quilômetros da costa de Nova York?

— Claro, senhor. É o USS Gerald R. Ford CVN-78.

— Ótimo, não poderia ser melhor.

— Raar nos deu este tablet — Eydran disse, entregando o aparelho para Howard. — Ele garantiu que todas as informações sobre as naves reptilianas estariam aqui.

Howard tentou usar o tablet, mas não conseguiu ligá-lo.

— Precisa de ajuda, chefe? — Grad pegou o tablet e ativou-o. — Esta tecnologia foi desenvolvida pelos grays e vendida aos reptilianos.

— Na verdade, Grad, não existe tecnologia com a qual você não consiga lidar, não é?

— Desenvolvimento de tecnologia é quase um superpoder dos grays.

— Grad, você acha que alguns grays podem estar envolvidos com o desenvolvimento da Fênix? — Ava perguntou.

— Provavelmente, porque os reptilianos não conseguiriam desenvolver uma tecnologia tão avançada sozinhos. O problema é descobrir quem, pois esses caras costumam não deixar rastros ou pistas. É uma máfia, e costumam se intitular "Irmandade Gray". Até hoje, nunca prendemos os líderes por trás disso.

Grad explicava o plano dos reptilianos e como recuperar a chave, como se fosse algo simples e fácil de executar, mas os membros do esquadrão estavam tensos. Se até ali tinham sido quase sempre derrotados, não achavam mais que a vitória pudesse ser tão simples.

Rezende aproximou a cadeira, como se, de mais perto, pudesse entender a maquete preta com linhas verdes.

— Isso parece um labirinto para mim.

— Não se preocupem, vou estar com vocês a todo momento.

— Você vai entrar na batalha também?

— Não. Sou fisicamente vulnerável para isso, mas tenho isto — ele disse, mostrando pequenos e sofisticados pontos de ouvido — Vamos manter a comunicação através dessas belezinhas e vou orientar o caminho para vocês. Também vão precisar de mim para liberar acessos na nave. Daqui eu consigo hackear o sistema deles e libero para vocês a entrada que estiver com menor circulação de reptilianos.

Então Howard se levantou, abotoando o terno.

— Grad, vou fazer algumas ligações. Preciso informar a situação ao presidente. Não pouparemos esforços para destruir esse plano reptiliano.

— Ok, senhor.

Howard saiu da sala, enquanto Grad continuava exibindo o interior da nave-mãe, as engenharias, a localização do motor principal e tudo mais. Ele passou uma de suas mãos sobre a imagem holográfica, e outra nave apareceu em seu lugar.

— Esse é o modelo da nave auxiliar que eles usam para atacar. Modelo RP-99.

— Nós conhecemos — disse Rezende. — Fomos atacados por elas no Triângulo das Bermudas. São bem velozes. Mas em contrapartida o piloto reptiliano fica vulnerável porque não tem nenhuma proteção.

Depois de Grad repassar todas as informações que julgava necessárias, foi até um armário, pegou uma granada que estava longe de ser um modelo convencional, e a entregou para Eydran, junto com os pontos dos quais parecia muito se orgulhar..

— Muito cuidado com essa granada. Ela é devastadora. Deve ser escondida embaixo do motor principal. Ela vai se aderir facilmente à superfície, como um ímã.

— E para detonar... — perguntou Eydran.

— Passe para mim o seu PD72.

Eydran retirou o aparelho e o entregou a Grad, que começou a operá-lo.

— Eu estou programando o seu PD72 para se comunicar com o software do explosivo, para você poder pressionar este comando. Depois de acionada, a bomba explode em poucos segundos. Alguma pergunta?

Eles sinalizaram negativamente, guardando o ponto de ouvido nos bolsos. Eydran recolocou o PD72 no pulso e guardou a granada no bolso. Apesar de experiente em outras missões, a tensão de Eydran se equiparava à dos novatos e parecia que estalava no ar.

— Ótimo.

Nesse tempo, Howard voltou e sentou-se à mesa novamente.

— Acabei de falar com o Chefe do Estado Maior Conjunto. O presidente autorizou o estado de DEFCON I. Estamos prontos.

O esquadrão se levantou e saiu da sala com Grad, que subiu com eles de elevador.

Quando este se colocou em movimento, Ava sentiu um bolo no estômago.

Era medo? Ódio? Frustração?

Entendia que o momento de ir para a guerra contra os reptilianos se aproximava, então sentiu a garganta apertar.

Depois de alguns segundos, respirou fundo e sorriu para o nada.

Daria um jeito naqueles reptilianos ou morreria tentando.

48

A PORTA DO ELEVADOR SE ABRIU.

Eles viram, apesar das luzes um tanto discretas do hangar fechado, os melhores agentes de combate que os aguardavam. Era uma cena impressionante, aquele grupo, portando armas pesadas, todos com o mesmo objetivo: derrotar os reptilianos. A presença desses combatentes deu um certo conforto a Ava, que ficou feliz por estar do mesmo lado deles, na luta.

Em silêncio, o esquadrão caminhou em direção a aeronave MV-22 Osprey, até que um agente da NSA 2, com um olhar de deboche no rosto, aproximou-se de outro agente, virou o rosto rindo e sussurrou.

— O que é isso? Halloween do ensino médio?

Thoran, ao ouvir o comentário, sentiu uma onda de raiva crescendo dentro dele e lançou uma flecha, que rasgou a jaqueta do agente logo acima do ombro, e se fixou em uma porta mais atrás.

O sorriso do agente debochado desapareceu imediatamente e deu lugar a uma expressão de espanto.

— Você não faz a menor ideia de como o meu dia foi cheio de mortes, agente. Juro que a próxima flecha vai te atingir bem no meio das pernas.

Ava flutuou alguns metros acima do chão, lançando um olhar desafiador para o agente.

— Qual o seu nome, agente?

Ele deu alguns passos para trás, assustado.

— Agente Mark, senhora — Respondeu, baixando o olhar, envergonhado pelo seu comentário irônico.

— Agente Mark, somos o Esquadrão Alien. Seja mais respeitoso com os seus aliados. Você não iria nos querer como inimigos. Somos bem mais letais do que aparentamos.

— Me desculpe, senhora.

Impressionados, todos os agentes mudaram a postura. Aqueles que até então estavam vendo diversão em trabalhar com seres tão diferentes perceberam o erro. Todos ali eram adultos, mas alguns estavam agindo como crianças repetindo bullyings de escola. O silêncio ganhou espaço como se tivessem tomado um choque de realidade.

— Vamos, entrem todos na aeronave! — Grad deu a ordem.

Os agentes da NSA 2 e os fuzileiros obedeceram, e Ava entrou, juntamente com o restante do Esquadrão Alien, na sequência. Grad permaneceu no hangar, com a sua típica postura, tão solene que sua baixa estatura era esquecida. Nem esperou a aeronave decolar para entrar em contato com o porta-aviões.

— Capitão coloque no ar todos os seus caças disponíveis, carregados e preparados para combate. O Esquadrão Alien e os agentes já estão a caminho.

— Que esquadrão é esse? — estranhou o Capitão.

— É um esquadrão de alienígenas com superpoderes. Eles são a melhor opção para salvar milhares de vidas hoje. Informe seus homens. Ah, e não cometa o erro de julgar os membros do esquadrão pela aparência. O último que fez isso se arrependeu — ele disse, com um sorriso divertido.

Não demorou para, no hangar do porta-aviões, caças começarem a subir por elevadores para o convés de voo. Na decolagem, quatro catapultas os impulsionavam, por meio de um sistema eletromagnético.

49

NO SALÃO OVAL DA CASA BRANCA, O PRESIDENTE SOLICITOU POR telefone à sua chefe de gabinete que cancelasse todos os seus compromissos do dia. Chamou seus assessores e abriu uma porta secreta atrás de seu gabinete. Junto com eles entrou num elevador que desceu inúmeros andares até chegar a uma grande câmara-laboratório onde alienígenas e funcionários do governo trabalhavam juntos para manter o mundo em segurança. Sempre tentando prevenir ataques alienígenas e contornar situações de risco.

O presidente e seus assessores entraram em uma sala onde havia um teletransporte e foram para o centro dele. Três grays que auxiliavam no monitoramento da segurança da Casa Branca por meio de telas de controle, levantaram-se em sinal de respeito.

— Sr. presidente — eles disseram, quase juntos.

— Senhores — cumprimentou o presidente, inclinando levemente a cabeça. —Preciso ser teletransportado agora para a NSA 2.

Imediatamente, os grays os teletransportaram.

* * *

Na aeronave, o Esquadrão Alien estava sentado nas poltronas revestidas de lona cinza, aguardando a decolagem.

O portão do hangar se abriu e o MV-22 decolou.

Depois da aeronave estar voando por certo tempo, Eydran sentiu-se levemente entediado. Em um movimento rápido e decidido, soltou o cinto de segurança e se levantou.

— Vou assumir daqui — disse, indo até a cabine de comando e fechando a porta. — Acelerar esta viagem.

— Piloto, qual o seu nome?

— Sanchez, senhor.

— Sanchez, posso assumir o comando?

— Positivo, senhor, ao seu comando.

O piloto levantou-se do banco, Eydran assumiu o comando e Sanchez sentou-se no banco atrás dele.

— Copiloto, qual o seu nome?

— Nathan, senhor.

— Senhores, não se preocupem, o que vão ver agora é um portal que nos conduzirá imediatamente ao porta-aviões — Eydran explicou.

Então ele estendeu a mão para a frente e fez surgir um portal, que atravessou com a aeronave. Ao verem uma prancheta de anotações flutuando, os pilotos quase surtaram.

— Senhores, isso sempre acontece com aeronaves que não têm controle gravitacional. — Olhou-os e projetou um sentimento de calma. — Mas não se preocupem. Daqui a pouco, voltaremos aos padrões normais de voo.

Após a travessia, a gravidade voltou ao normal e, da cabine, foi possível ver, do alto, os vários caças decolando do porta-aviões e sobrevoando o local.

— Estão vendo isso, senhores? — disse Eydran. — É o que acontece quando se compra briga ou se ameaça os caras errados.

O copiloto balançou a cabeça, ainda assustado.

— É o meu primeiro dia na NSA 2, senhor, não esperava ser tão movimentado.

— Seu dia de sorte, Tenente — comentou Eydran, com um meio sorriso, encorajando o rapaz.

Eydran pegou o rádio de comunicação e avisou a torre de controle que estavam pousando.

Eydran desligou o rádio e depois o motor. Quando a traseira da aeronave se abriu, tomou a frente de todos e, ao encontrar com o Capitão do porta-aviões no convés, prestou continência.

— Permissão para entrar a bordo, Capitão.

O Capitão retribuiu a continência.

— Meu nome é Thompson, Richard Thompson. Bem-vindos a bordo do USS *Gerald R. Ford*, Esquadrão Alien. Quem está encarregado dos agentes da NSA 2 e dos fuzileiros?

Um pouco atrás de Eydran estava um agente, que se adiantou.

— Sou eu, Capitão.

— Ok, agente. Leve seus homens e se apresentem ao Oficial de Operações. É o que está na pista, dando instruções para aquele grupo de fuzileiros navais.

— Ok, Capitão.

Os agentes seguiram para se apresentar ao Oficial. Enquanto isso, o Capitão Thompson conduziu o Esquadrão Alien até a ilha do porta-aviões, uma estrutura com alguns andares, localizada a estibordo do convés de voo. Ali, havia um elevador no qual entraram. Por alguns instantes, o Capitão ficou em silêncio, com expressão pensativa, depois, como que acordando de uma reflexão, olhou para Eydran.

— Até hoje, sempre achei que todas essas histórias sobre ufologia eram uma grande bobagem, e agora estou com um esquadrão alienígena bem na minha frente. — Balançou a cabeça e riu, um pouco envergonhado. — Grad e eu conversamos mais cedo, e eu mal acreditei quando ele me disse que vocês estavam a caminho do meu porta-aviões.

— Aposto que o senhor nunca esteve pessoalmente com Grad.

— Sempre conversamos por telefone. Como você sabe?

— Capitão, Grad é um gray, aquele tipo de alienígena de cabeça grande, baixinho e de olhos enormes.

— Mentira! — respondeu o oficial com expressão incrédula. Depois riu, balançando a cabeça. A porta do elevador se abriu e eles entraram na cabine do Capitão.

— Por favor, sentem-se... Bem, Grad já me passou os detalhes sobre o que vamos enfrentar, mas precisamos acertar a tática operacional relativa à destruição da nave-mãe.

Ava entrelaçou suas mãos sobre a mesa, sentindo-se à vontade para tomar a frente da conversa.

— Capitão, isso é missão para o Esquadrão Alien. O que vou precisar é do seu apoio. No momento em que a nave-mãe surgir, preciso dos seus caças nos escoltando até a nave. Deixe os pilotos ao nosso comando.

— Ok, então vou monitorar vocês pessoalmente e manter os caças por perto.

— Ótimo, precisamos que o senhor ataque com todo o potencial bélico disponível. Se não pararmos esses alienígenas, a Terra enfrentará um apocalipse.

— Agente, este porta-aviões foi projetado para fulminar qualquer ameaça aos Estados Unidos. Fui muito bem treinado para manejar esta gigantesca máquina de guerra e, acredite, eu estava torcendo para ser o primeiro a testar esta belezura. Temos mísseis, canhões e vários caças a bordo. E, neste exato momento, todos estão prontos para servir à nação.

— Perfeito, Capitão. Eu também estou pronta para o que for, até mesmo para sacrificar a minha vida.

— Você é muito jovem para ser tão corajosa! Não tem medo de morrer?

— Não, Capitão. Eu já estive de frente com a morte e isso não me assusta.

— Capitão, se me permite, se alguma coisa acontecer comigo, com a gente — Rezende disse —, gostaria de lhe pedir um favor.

— Se eu puder ajudar, será um prazer.

— Nada disso teria sido possível se um amigo nosso, Alex, não tivesse sacrificado a própria vida. — Rezende retirou uma carta do bolso do uniforme e disse: — Peço que entregue ao pai do Alex. Ele merece saber que o filho morreu de maneira heroica. É algo que preciso fazer para honrar sua memória — Rezende concluiu, entregando o papel ao Capitão.

— Pode deixar comigo. Garanto que será entregue.

Enquanto isso, no convés de voo, os últimos caças terminavam de decolar.

* * *

Os agentes e os fuzileiros navais estavam sendo instruídos pelo Oficial de Operações.

— Atenção! Permaneçam a postos com os mísseis terra-ar. Fuzileiros, mantenham seus fuzis destravados e fiquem em posição, porque, a qualquer momento, o inimigo pode aparecer. Agora, quero que todos vocês se distribuam no convés e parapeitos da ilha. Quando esses malditos alienígenas aparecerem, vamos acabar com eles!

Agentes e fuzileiros subiram para a ilha, distribuindo-se entre os parapeitos e áreas abertas, enquanto outros ficaram a postos no convés. Longos minutos após todos terem se posicionado, a voz de um oficial na torre de controle rompeu o silêncio tenso, chamando, via rádio, o Capitão, na sala de comando.

— Capitão, contato visual com o inimigo. Eles chegaram e estão a trinta quilômetros do nosso porta-aviões.

O esquadrão e o Capitão Thompson se levantaram e correram para o parapeito, de onde puderam ver a nave-mãe reptiliana surgindo através de um portal com seus 680 metros de comprimento e sua cor prateada e brilhante.

De uma abertura da nave, inúmeras RP-99 pilotadas por reptilianos saíam em disparada e vinham em direção ao porta-aviões. De outra abertura, quase na parte central da nave, saiu a sonda de luz amarelo fogo, transpassando tudo o que estava na frente, explodindo um caça do porta-aviões, que sobrevoava o local, e mergulhando mar adentro, até alcançar a pedra mãe nas profundezas e a envolver com sua luz.

De posse da chave, eles começaram o processo de erguer a grande pedra. De novo, os combatentes viam os reptilianos sempre um passo a frente, e muito ágeis. Agora o cronômetro havia sido acionado. A Terra estava com o tempo contado para o apocalipse. Ventos fortes começaram a soprar. O mar se levantou revolto, como se o próprio Poseidon fosse emergir das águas. Até mesmo o pesado porta-aviões estremecia com as ondas grandes.

O esquadrão entrou correndo no elevador a fim de retornar ao convés de voo, enquanto o Capitão Thompson permaneceu na sala de comando.

— Agora é com vocês! Boa sorte, Esquadrão Alien.

50

ENQUANTO O ELEVADOR DESCIA, UMA CARGA DE ADRENALINA explodia em cada um deles, aguçando os sentidos do esquadrão. Quando a porta se abriu, o espírito de guerra que corria nas veias deles pulsou ainda mais forte. Rezende era o mais irado. Com espírito de dragão, inflava-se ainda mais porque sabia que seu poder dependia disso.

Ava foi a primeira a chamar por Grad.

— Grad, testando. Você está na escuta?

— Sim, Ava, na escuta.

— Os reptilianos chegaram.

— Ok. Tudo certo por aí?

— Ainda não, só vai estar quando devolvermos esses lagartos para debaixo da terra... Só que mortos.

Tulpar surgiu entre as nuvens, pousando em frente a Ava, que montou em seu dorso com um salto ligeiro e preciso. Ele abriu suas magníficas asas, que chicotearam o vento. Ava, ao olhar para trás, viu que Eydran os seguia de perto.

Quase que ao mesmo tempo, Rezende correu, tomou velocidade, e se transformou em dragão. O barulho de suas asas misturou-se ao seu rugido assustador.

Julie e Thoran também abriram suas asas translúcidas e levantaram voo do final da pista. As asas lhes davam uma aparência suave, quebrada pela expressão bélica em seus rostos e a imagem do arco e flecha em posição de ataque.

Sob a cobertura do fogo do porta-aviões e escoltados pelos caças, Ava e Eydran foram ao encontro das RP-99 e, impulsionados por um feroz instinto de ataque, começaram a lançar seus raios letais. Do mesmo modo, os dois elfos dispararam suas primeiras flechas de forma certeira, transpassando a cabeça dos reptilianos, que despencavam no mar.

Rezende cuspia labaredas enormes, fulminando os inimigos, que caíam, como bolas de fogo, dentro da água.

Os reptilianos contra-atacavam, disparando foguetes das RP-99, atingindo os militares que se encontravam na pista e derrubando alguns caças com seus foguetes. Alguns inimigos conseguiram se aproximar do porta-aviões, Rezende girou no ar, retornando ao porta-aviões para defendê-lo.

Ao avistar o ataque, foi tomado de fúria tão intensa, que suas labaredas criaram um muro contra novos ataques, e depois uma onda que varreu as RP-99 e os inimigos que estavam à frente. Foi uma ação tão impressionante que os militares ficaram mudos, e os reptilianos que estavam na linha de frente não tiveram tempo de recuar. Quatro drones da equipe de fuzileiros tinham como missão filmar e transmitir as imagens em tempo real para uma enorme tela, no escritório de operações de monitoramento de imagens da NSA 2, de onde vários agentes supervisionavam a batalha junto com Howard e o presidente dos Estados Unidos.

— Howard, destaque um drone exclusivo para mostrar a ação do Esquadrão Alien — disse o presidente. — Esse esquadrão é incrível!

— Galaxy, convoque nossos agentes indígenas das redondezas da Área 51. Passe a localidade e todas as informações da batalha a eles. – Disse Howard.

— Entendido.

Galaxy saiu da sala, e o presidente ergueu as sobrancelhas interrogativamente.

— Temos agentes indígenas?

— Temos, sim, senhor presidente.

Diversos reptilianos começaram a abandonar suas RP-99, pulando no porta-aviões, atirando em vários militares, mas também sendo mortos por eles. Era uma cena dantesca, com corpos caindo inertes pelo local. No primeiro andar da ilha, um fuzileiro, movido pelo seu espírito em fúria, pegou uma metralhadora, e, aos berros, foi disparando sem cessar, ceifando vários reptilianos que estavam na pista. Alguns dos inimigos tentaram atingi-lo com suas armas, mas não conseguiram, porque os agentes da NSA 2 os mataram primeiro.

E de repente, uma RP-99 fez um pouso forçado no final da pista de decolagem do porta-aviões. O reptiliano já estava na mira do lançador de mísseis de um agente, quando Rezende colocou uma das mãos no ombro do seu aliado.

— Pode deixar. Esse cara é meu.

Rezende saltou do primeiro andar para a pista e correu em direção ao reptiliano.

— Você caiu como um presente para mim. — Rezende disse apontando seu punhal.

— Eu conheço você? — O reptiliano perguntou em um inglês carregado.

— Reconheci você pela cicatriz no rosto. Eu e meus amigos explodimos a nave de vocês no Central Park. Meu amigo morreu naquela confusão. Isso é pessoal.

Com o dedo indicador, Rezende o desafiou para um combate mortal, corpo a corpo. O reptiliano avaliou o inimigo, com olhar desconfiado, mas aceitou o desafio e jogou no chão sua pistola. Imediatamente em seguida empunhou uma lâmina em forma de foice. Ambos correram atacando-se, ao mesmo tempo, mas Rezende se desviou e, com seu antebraço, desferiu um golpe nas costas do inimigo, que se curvou para trás, com o reflexo da dor, mas logo se virou e acertou Rezende também, de raspão, na barriga, com a foice.

Rezende caminhou para trás em direção à borda do porta-aviões. Colocou a mão na ferida e viu o sangue em seus dedos. Olhou ferozmente para o adversário, balançando a cabeça, sugerindo que ele se arrependeria de ter feito aquilo. Girou, impulsionando o corpo, e levantou uma das pernas, acertando um chute no rosto do reptiliano que tonteou, e deixou sua lâmina escapar por entre seus dedos. O reptiliano caiu na pista quente, ecoando um som curto e seco.

Sem dar chance para o adversário se levantar, Rezende pulou em seu peito e o socou no rosto, descontando toda a sua raiva.

— Obrigado por me colocar nas aulas de taekwondo, pai.

Entretanto o reptiliano conseguiu agarrar o Rezende de jeito, virou o corpo dele para o lado, mas quando ia inverter as posições, Rezende escapou de seu golpe. Os dois se levantaram, o adversário deu alguns passos para trás e, cambaleando à beira da pista, caiu, mas conseguiu se segurar na borda do porta-aviões. Rezende se aproximou e olhou para ele com desprezo.

— Ok, vou ajudar você, mas vamos lá, baby, faça sua parte! Faça um esforço. Eu adoro ter histórias boas para contar e seria uma vergonha uma luta dessas terminar assim!

Rezende o puxou pelo braço, arrastando-o pelo chão do convés, largando-o bem ali. O reptiliano levantou, pegou sua foice no chão e limpou a boca suja de sangue com o braço. Outra vez, Rezende partiu para atacar e o atingiu com uma sucessão de golpes, usando seu punhal, deixando a farda do reptiliano mais rasgada e suja de sangue.

Apesar de estar bastante ferido, o reptiliano não se entregou. Os dois continuaram lutando, indo e voltando pela beirada da pista, até que o reptiliano acertou Rezende, em cheio, com um soco na boca. Ele cuspiu sangue e balançou a cabeça, atordoado. O reptiliano aproveitou o momento e levantou uma perna para acertá-lo no rosto. Mas Rezende se abaixou, desviando, e atingiu sua veia femoral com seu punhal, derrubando-o novamente, dessa vez sem chance de levantar.

Ficando bem perto do reptiliano, Rezende disse: — Como eu falei é pessoal. Meu amigo queria servir na Aeronáutica, para lutar pelo país dele e defender o seu povo, e vocês tiraram a chance dele. Não vou deixar vocês fazerem o mesmo com o meu povo. Gosto da Terra. Gosto de velocidade. Tudo aqui é incrível, e não vou deixar vocês acabarem com tudo. Se o meu planeta precisar que eu seja um herói, estou pronto para isso, ainda que custe a minha vida.

Nesse instante, no convés de voo, surgiu um portal, de onde saiu um grupo indígena americano correndo, gritando cânticos de guerra. No final da pista, eles se transformaram em dragões vermelhos, como os de Titã, e voaram para o céu. Seguiram cuspindo labaredas de fogo sobre os inimigos e abocanhando outros. Rezende pensou em se unir a eles, mas acabou não resistindo à RP-99 do reptiliano, abandonada no convés.

Rezende subiu na RP-99.

— Oi, Grad. Está na escuta?

— Positivo, Rezende.

— Grad, você iria adorar ver onde estou agora.

— Na verdade, eu estou vendo você através dos drones. Você quer ajuda para pilotar isso, não é?

— Sim, eu quero. Não posso sair daqui sem pilotar uma coisa dessa.

— Tudo bem, não vai ser difícil. Agora me escuta. Acabei de hackear a nave reptiliana. Vou enviar seus amigos para lá agora. Encontre com eles no acesso 6A da engenharia.

— Ok.

Grad passou-lhe as instruções básicas da RP-99 e Rezende decolou imediatamente.

— Ava, você está na escuta?

— Na escuta, Grad.

— O sistema da nave reptiliana já foi hackeado, vocês podem entrar. Enviei o Rezende para encontrar com vocês no acesso 6A da engenharia da nave.

— Tudo bem, já estamos a caminho. E, Grad, vamos precisar distanciar mais a nave-mãe do porta-aviões para evitar que a explosão o atinja.

— Ok, vou auxiliando vocês em tudo por aqui, mas tenham cuidado, pois estarão no território deles. Vão precisar ser rápidos e cautelosos.

51

O ESQUADRÃO ALIEN SEGUIU RUMO À NAVE-MÃE, POUSANDO NO acesso 6A, em um tipo de deque em frente à entrada, e Tulpar seguiu seu caminho.

Sem demora, Rezende chegou ao acesso 6A, pulou no deque, perto do esquadrão e a RP-99, foi abandonada para afundar no oceano.

— Que bom rever vocês — disse Rezende.

Ava seguiu em direção à entrada, após lançar um cumprimento de cabeça ao rapaz.

— Grad, estamos prontos. Pode abrir o acesso agora.

— Ok, acesso 6A sendo aberto.

A porta abriu para as laterais.

— Boa sorte a todos.

Eles entraram, suas armas apontadas em antecipação aos inimigos, e a porta se fechou atrás deles.

— Grad, entramos.

— Vire à sua esquerda, e vá em frente. O motor principal está aproximadamente a cinquenta metros.

Eles avançaram, cuidadosamente, olhando à volta, seguindo as orientações de Grad.

Após a curta, porém tensa, caminhada, encontraram o motor principal: um grande cilindro metálico, semelhante à turbina de um avião, mas bem maior, isolado em uma área envolta por um vidro grosso que protegia os tripulantes dos mortais índices de radiação gerados pelo imenso equipamento.

Uma única porta permitia o acesso. Em uma tela holográfica, Eydran programou a sucção da radiação, usando um comando disponível para uma segura manutenção do motor. Quando uma pequena tela em frente sinalizou, Eydran entrou naquela sala, que era o coração da nave, e, rapidamente, inseriu a granada entre os mecanismos ligados ao grande cilindro. Como Grad havia dito, ela aderiu à superfície como um ímã. O grupo deixou a área, mais uma vez, olhando para todos os lados, a fim de evitar qualquer surpresa desagradável.

— Ok, Grad, granada acoplada ao motor — Ava disse, em tom de voz baixo.

Eles esperaram alguns instantes pela resposta, mas não receberam sinal algum.

— Grad, aqui é Ava. Você está na escuta? — Ava perguntou um pouco mais alto.

— Ava, estou perdendo o sina...

— Grad...

Um reptiliano apareceu bem diante deles, fazendo com que Rezende empunhasse o seu punhal e Thoran, um arco e flecha.

— Esperem aí. Fiquem calmos. Fui infiltrado aqui, a mando de Raar. Também não estou de acordo com esse ataque — ele falou, com as mãos levantadas, a fim de não dar nenhum indício de que poderia atacá-los ou estar armado.

Ava cerrou os olhos, duvidando.

— Você é um infiltrado?

— Exatamente.

Uma interferência no sinal causou um chiado no ouvido de Ava, que escutava a voz de Grad de forma fragmentada. Ela não conseguia entender nada, pois as palavras vinham todas cortadas, até que o chiado parou.

— Ava, o sinal de comunicação com vocês está muito fraco. Mas, pelo meu localizador, estou vendo que vocês têm companhia. Pergunte o nome dele.

— Qual é o seu nome?

— Sou um agente da inteligência reptiliana infiltrado, não posso revelar minha identidade.

Ava armou um raio, apontando para o reptiliano.

— Vou insistir na pergunta.

— Meu nome já foi alterado algumas vezes, mas vim para esta missão com o nome de Zhanaar.

— Ok, Ava, eu escutei. E, atenção! Não deixem que ele saiba que vocês têm escutas. Galaxy entrará em contato com Raar para confirmar o nom...

O sinal caiu mais uma vez, e o reptiliano deu alguns passos à frente, abaixando as mãos, parecendo não se importar com as ameaças.

— Deixe-me tentar adivinhar. Vocês acabaram de esconder uma bomba no motor principal, agora irão até a sala de comando desconectar a chave, a Pedra de Roswell, e depois distanciarão a nave do porta-aviões. Finalmente, sairão da nave usando o teletransporte da sala de comando e "boom!", a nave-mãe explodirá. É o que eu faria. Estou certo?

— Quem sabe?

— Vocês podem me matar, achando que faço parte da facção, mas vão ficar aí rodando muito tempo até conseguirem encontrar a sala de comando. Sem contar que não terão acesso para usar os elevadores e muito menos para executar qualquer ação na sala de comando. Além disso, vocês correrão o risco de entrar em áreas onde há um grande número de reptilianos circulando.

— Talvez você tenha razão, mas tem uma coisa que não está levando em conta.

— Continue.

— Entramos na nave, não é? Significa que temos acessos. Somos bons o suficiente para conseguirmos tudo isso sem você. Sinto muito, mas talvez você esteja enganado e não seja tão útil quanto acredita — disparou Ava.

— Vocês devem ter escutas. Certamente há alguém do outro lado hackeando esta nave. Acontece que recentemente foi implantado aqui um tipo de tecnologia que bloqueia o sinal de escutas inimigas. Vocês devem ter notado que, depois que entraram na nave, o sinal ficou ruim e tiveram dificuldades em se comunicar com o hacker.

Ava olhou para Eydran.

— O que você acha?

— Vamos arriscar.

Ava olhou para Zhanaar e assentiu afirmativamente, apesar da insegurança por não poderem, justamente naquele momento, contar com a ajuda de Grad.

— Ok, Zhanaar, vamos dar a você a chance de provar de que lado está. Mas num limite. Qualquer deslize e você será eliminado — avisou Ava.

— Venham comigo, e levo vocês lá. Não vão conseguir completar esta missão sem a minha ajuda.

Eles abaixaram as armas e seguiram o reptiliano, sem a certeza de que era a atitude mais sensata.

— A nave possui alguns setores com menor circulação e é por esses caminhos que vou conduzir vocês.

O reptiliano entrou na primeira porta à direita e eles se depararam com uma sala com dois andares de mezanino. Subiram um nível, no meio da sala, e passaram bem ao lado de um tubo hexagonal transparente, com um conteúdo verde que terminava no teto. Em seguida, passaram por uma série de mesas de controle. Julie, que não tirava os olhos das luzes piscando, viu, em uma delas, a planta da nave em 3D, deu uma escaneada rápida, tentando se localizar.

— Zhanaar, o que funciona aqui?

— O controle da engenharia.

— E onde está todo mundo, os reptilianos?

— Em outros setores ou em guerra lá fora. Quando a nave está sob ataque, o protocolo reptiliano manda deslocar o pessoal desta área para outros setores. O controle da engenharia é feito todo da sala de comando e apenas um reptiliano permanece aqui, responsabilizando-se pelo setor.

— Você, no caso.

— Exatamente. Sou o engenheiro responsável.

Próximo a uma parede composta por várias telas, havia algo que se parecia com um azulejo circular, encaixado no piso, sobre o qual eles pisaram, sempre cautelosos. Em uma pequena tela, Zhanaar fez uma programação, o piso se moveu e os elevou até o segundo mezanino.

— Venham por aqui.

O grupo entrou por um túnel metálico grande e seguiu por ele até quase o final. Zhanaar aproximou um bracelete que trazia no punho de uma pequena tela ao lado da porta, que se abriu dando acesso a um corredor com várias outras portas. Próximo ao cruzamento de dois corredores, escutaram a inconfundível língua dos reptilianos. Perceberam que havia ao menos dois deles. Rezende retirou o punhal preso ao cinto, e Julie armou seu arco e flecha.

Todos se apertaram contra a parede, ficando em silêncio para não serem descobertos, mas os reptilianos viraram exatamente no corredor em que eles estavam. Sem hesitar, Julie lançou flecha no peito de um deles.

Enquanto Rezende partia para cima do outro, com golpes certeiros. Em pouco tempo, havia dois pesados corpos reptilianos caídos no chão.

— Por quê? Por que fizeram uma coisa dessas? — perguntou, atônito, o reptiliano, com as mãos na cabeça.

Rezende olhou com expressão séria para Zhanaar.

— Porque não podemos correr nenhum risco.

Zhanaar condenou os dois com o olhar. Chegou a pensar em partir para cima deles, mas sabia que não teria chance, pois estava em desvantagem. Ainda assim, continuou conduzindo o grupo pelo mesmo corredor, no final do qual entraram em um elevador que subiu após Zhanaar acionar o andar em uma tela.

Eydran estava apreensivo, temendo que o grupo fosse surpreendido outra vez. Afinal, com o problema na comunicação persistindo, ainda não podiam contar com a ajuda de Grad para localizar reptilianos em seu caminho. Ao verificar o andar que o reptiliano selecionara, ligou o alerta e perguntou:.

— Por que estamos indo para a divisão de segurança? A sala de comando é um andar acima.

— Vamos entrar na sala de comando pelas escadas. É uma área que, com toda certeza, não vai estar vazia. Precisamos chegar de surpresa.

Quando a porta do elevador se abriu, eles seguiram por um corredor e entraram em um refeitório com mesas e cadeiras posicionadas diante de uma janela panorâmica. Foi quando as escutas voltaram a funcionar.

— AVA, CUIDADO...

52

MAIS UMA VEZ, O SINAL CAIU. AVA E EYDRAN SE ENTREOLHARAM preocupados. A tensão só aumentava, mas estavam acuados diante das possibilidades e tiveram de arriscar. Então continuaram seguindo o reptiliano. Eles atravessaram o refeitório, pisando da maneira mais silenciosa possível, e, do outro lado, ouviram vozes de inimigos, o que os fez pararem subitamente. Ficaram imóveis, com a respiração suspensa, por alguns segundos, mas a hesitação foi breve e eles correram e entraram na primeira sala que encontraram. Viram que ali funcionava um bar.

O ambiente era acolhedor, com móveis escuros e algumas luzes coloridas apenas quebrando o escuro. Eles viram um "barman" servindo a bebida para um reptiliano, em um balcão longo e estreito, de granito preto. Zhanaar aproximou-se deste ser e sentou-se ao lado dele.

— Acho que hoje não é o seu dia de sorte — ironizou o desconhecido reptiliano.

— Como você conseguiu escapar?

— Tenho meus contatos fora daqui. Não há nada hoje em dia que não possa ser hackeado. Sua tentativa de se passar por mim acabou.

— Você conseguiu um hacker para liberar a porta para você.

— Exatamente.

— Um gray?

— Tecnologia é coisa deles.

— Foi o que pensei.

Ava e seus amigos se entreolharam, tentando entender o que estava acontecendo, e houve um chiado na escuta. Em seguida, Ava ouviu a voz de Grad, que parecia bastante aflito.

— Ava, consegui resolver o problema com o sinal. Prestem atenção, esse reptiliano que está com vocês não é o infiltrado. O nome dele não é Zhanaar, é Munaar. O verdadeiro Zhanaar estava preso, mas consegui soltá-lo.

— Tudo bem, Grad, os dois estão na minha frente agora — ela respondeu, tentando parecer mais calma do que realmente estava.

— Ok. Quando o verdadeiro Zhanaar acabar com Munaar, me avise.

— Como você sabe que ele vai acabar com Munaar?

— Munaar é um amador. Zhanaar é um agente secreto altamente treinado pela elite do Exército reptiliano.

— E então, Zhanaar, como vai ser? Arma branca ou só combate corpo a corpo? — desafiou Munaar.

Zhanaar pegou a lâmina de foice e o coldre e os colocou no balcão.

— Prefiro à moda antiga.

Munaar também colocou suas armas no balcão. O barman olhou firme para eles.

— Só peço aos cavalheiros a gentileza de brigarem bem longe do meu balcão.

— Se você me prometer sua melhor bebida, posso lhe garantir isso — disse o verdadeiro Zhanaar.

— Ok, combinado.

O Zhanaar verdadeiro, sem perder tempo, agarrou Munaar pelo uniforme e o jogou longe, fazendo-o cair sobre mesas e cadeiras, mas ele, que era tão durão quanto o seu adversário, se levantou rápido, pegou uma cadeira feita de um tipo de madeira sintética e foi para cima revidar. Zhanaar abaixou-se, desviando do primeiro golpe, escapou do segundo girando o corpo com velocidade, mas o terceiro golpe o acertou em cheio nas costas, destroçando a cadeira.

Zhanaar se levantou e Munaar pegou o pé da cadeira quebrada, que havia ficado pontiagudo como um punhal e foi para cima do seu adversário, mas teve seu braço detido. Zhanaar segurou firme o antebraço de Munaar, torceu sua mão e empurrou o pé da cadeira contra a barriga dele. Antes que Munaar caísse no chão, Zhanaar puxou o pé da cadeira quebrada e cravou-o na traqueia do inimigo, terminando de ceifar sua vida. O sangue dele se espalhou no piso frio e metálico. Zhanaar levantou-se e sentou-se de frente para o balcão, olhando para o barman. Este, calmamente, digitou uma senha para abrir a porta de um armário localizado embaixo do granito preto, pegou uma garrafa de bebida dourada e a colocou diante do infiltrado.

— Uísque de Nibiru, uma das melhores safras dos Anunakis. Quinhentos e sete anos. É o que recomendo para uma ocasião como esta, senhor.

— Exatamente o que eu estava pensando.

O barman reptiliano serviu o verdadeiro Zhanaar, depois Ava e seus amigos, que levantaram os copos, em saudação, e os viraram, de uma só vez, tomando juntos a bebida, batendo os copos vazios com força na bancada. Zhanaar olhou para Rezende, Ava e Julie.

— Vocês são maiores de idade?

Ava sorriu.

— Este não é um bom momento para apresentação de identidades, não acha?

— Você tem toda razão — respondeu o reptiliano, achando graça da própria pergunta.

— Aliás, a propósito, o que Munaar pretendia fazer com a gente?

— Bem se ele trouxe vocês para a área de segurança, certamente não tinha boas intenções. Provavelmente esperava uma boa oportunidade para matar ou capturar vocês.

— A conversa está agradável, mas temos que completar a nossa missão e sair daqui o mais rápido possível. Temos uma guerra para ganhar — disse Eydran, racional, como sempre.

Eles saíram do bar e seguiram o reptiliano pelo corredor, ao final do qual havia outro elevador, no qual entraram. Zhanaar escolheu uma opção na tela de controle e passou seu bracelete diante do painel, mas uma tarja vermelha ocupou quase toda a tela.

— Droga! Eles me bloquearam — Zhanaar disse, olhando enfurecido para a tela. Fechou o punho, pronto para dar um soco bem ali, mas Ava o deteve.

— Tudo bem, Zhanaar, a gente resolve isso... Grad, na escuta?

— Estou, Ava, do que vocês precisam?

— Libere o acesso do Zhanaar para nós.

— Ok. Já resolvo... Pronto, liberado em 3, 2, 1.

A mensagem vermelha na tela desapareceu, Zhanaar selecionou o comando novamente e passou seu bracelete. Suspirou aliviado, ao perceber que dessa vez o elevador estava se movimentando para cima.

— Quando esta porta abrir, vamos estar bem no meio da sala de comando, onde estarão cerca de seis reptilianos. Fiquem preparados para lutar... E, Grad, assim que entrarmos na sala de comando, trave os acessos a ela.

— Entendido.

— Zhanaar, como você conseguiu um ponto para falar com Grad? — Julie perguntou.

— Eu já tinha um para falar com Raar. Grad entrou em contato com ele, acessou o sinal do meu ponto e conseguiu destrancar a cela em que eu estava preso.

— Mas se você tinha uma escuta para falar com Raar, por que ele não soltou você antes? — insistiu Julie.

— Porque só grays conseguem hackear uma nave desta e abrir suas portas para libertar prisioneiros.

Quando a porta do elevador se abriu, toda a tensão explodiu em movimentos rápidos. Rezende partiu para cima dos reptilianos com seu punhal na mão. Julie matou dois com suas flechas e Ava acertou em cheio Winaar, o reptiliano que tinha levado sua Pedra de Roswell, com um raio em seu peito.

— Bom ver você outra vez, Winaar. Você mexeu com a garota errada.

Ele nem pôde responder, ficou no chão agonizando. Ava jogou o seu desconforto por ter matado para um canto de sua mente e seguiu resoluta até a mesa de comando para procurar por sua pedra. Estava bem ali, encaixada em um círculo metálico, prateado fosco. Girou-a, então, para o lado, desencaixando-a, e pendurou-a de volta no pescoço. A sonda se desligou automaticamente, e a pedra-mãe foi caindo de volta para as profundezas do oceano.

Zhanaar sentou-se na cadeira de comando da nave.

— Grad, entramos, pode travar todas as portas e o elevador, não queremos companhia aqui.

— Ok, Zhanaar... Acessos à sala de comando trancados.

— Quem de vocês tem experiência com naves?

Thoran e Eydran se apresentaram.

— Eydran, assuma a cadeira de Imediato. E você, Thoran, se garante em assumir a engenharia de voo?

— Ao seu comando.

— Os outros devem proteger as portas, para o caso de os inimigos conseguirem arrombá-las.

— Posso cuidar de todo esse lado. Se aparecer qualquer grupo, eles conhecerão o corte da minha lâmina. — disse Rezende.

No comando da nave reptiliana, Zhanaar executou alguns procedimentos. Um holograma apareceu à sua esquerda e outro à sua direita. O mesmo aconteceu nas mesas de controle de Eydran e Thoran.

— Ok. Agora vamos distanciar esta nave do porta-aviões. Iniciando a ignição do motor. Thoran, ative o sistema de proteção do gerador de campo magnético.

— Sistemas de proteção ok, Capitão.

— Eydran, iniciar aquecimento de combustível por fusão nuclear.

E a nave-mãe, que até aquele momento estava pairando, disparou, distanciando-se do porta-aviões. Não demorou para os reptilianos dentro da nave notarem que a nave havia sido tomada, então vários deles correram até a sala de comando e começaram a esmurrar as portas, tentando entrar.

— Capitão, o sistema de segurança das portas está sendo danificado — disse Thoran. — Não vai resistir por muito tempo.

— Eydran, prepare o teletransporte. Leve o Esquadrão com você, exceto o Thoran. Eu e ele vamos depois. E envie uma mensagem para o bar, avisando ao barman para ir imediatamente para sala de teletransporte operacional.

— Capitão, você vai salvar o barman? — Thoran perguntou, surpreso.

— Vou. Ele também é um agente infiltrado. Foi por isso que ele não interveio na luta.

— Ok, Capitão. Teletransporte pronto.

— Você tem que ficar com isto. Para explodir a granada no motor, é só acionar este ícone no canto direito da tela — instruiu Eydran, apontando para o dispositivo.

— Ok.

Eydran foi para o teletransporte acompanhado de Ava, Julie e Rezende. Eles se posicionaram, cada um sobre uma plataforma circular cinza e reluzente.

— Thoran, finalize o teletransporte — Zhanaar instruiu.

Eles foram teletransportados, surgindo na pista do porta-aviões. No céu, não havia mais sinal de guerra.

Os feridos estavam sendo recolhidos e levados para a enfermaria pela equipe médica do porta-aviões.

Ava, Eydran, Rezende e Julie caminhavam com pesar, desviando-se dos mortos e feridos, quando um agente da NSA 2 os viu e gritou-lhes algo de longe, mas os gemidos dos feridos ao redor os impediram de distinguir o que ele dizia. O agente insistiu, gritando, acenando, próximo a um grupo de homens que formavam um círculo em volta de algo, até que Ava e seus amigos correram em sua direção.

Era Tulpar, ele estava ferido, deitado no chão.

Que desgraça!

Um disparo reptiliano havia atravessado seu peito. O ferimento já tinha parte do sangue coagulado; ele havia sido atingido há certo tempo, o que dificultava a percepção da profundidade do tiro. Ava se debruçou sobre sua pelagem branca, agora manchada de um vermelho vivo, por onde sua vida se esvaía. Ele estava piscando mais e mais devagar, como se, a todo momento, estivesse só aguardando por ela para se despedir.

— Alguém me ajuda, por favor! Ele está morrendo! — Ava gritou, desesperada. Mas dessa vez, acionou rapidamente seu lado pleiadiano e se manteve calma... então lembrou dos poderes de cura dos elfos e, olhando à sua volta, viu Julie ao seu lado. — Julie, por favor, você pode salvar Tulpar!

Lágrimas começaram a correr pelo rosto de Julie.

— Vou procurar Thoran...

Ava respirou fundo, tentando se recompor, ainda assim, não perdeu seu olhar desesperado.

— Ele está morrendo, Julie. Não dá tempo de ir buscar Thoran. Você precisa ajudar Tulpar agora. Tente o máximo que puder.

Ava foi até Julie e ambas, trêmulas, se ajoelharam próximo a Tulpar. Julie fechou os olhos e se concentrou, começou a respirar profundamente e seu tremor finalmente foi passando.

Quando Julie conseguiu silenciar seus pensamentos, concentrando-se em sua respiração, seu coração foi se acalmando, desacelerando. Era um momento único, certamente o mais relaxante e mágico de sua vida. Ela aproximou suas mãos do ferimento. Com uma delas foi canalizando uma energia de cura, com a outra fazendo movimentos no sentido horário, para que a cura fosse penetrando o corpo de Tulpar. Ela estava tão sensível, que podia sentir toda aquela energia vertendo do centro da sua mão.

Então todos assistiram a uma cena que parecia mágica: a ferida parou de sangrar e começou a cicatrizar... o sangue de sua pelagem foi sendo sugado de volta para o corpo de Tulpar. Gradualmente um tecido saudável foi se expandindo, fechando a ferida, até que não restou sequer um vestígio dela. Até os pelos foram crescendo e logo não era possível sequer identificar o local em que ele havia sido atingido.

Julie abriu os olhos e os cruzou com os de Tulpar, já recuperado, encontrando a profunda gratidão dele entre um piscar e outro. Um sentimento de emoção profunda fez seus olhos ficarem encharcados.

Zhanaar e o barman apareceram na pista, acompanhados por Thoran, que ativara a bomba no PD72. Zhanaar fez um portal surgir e saiu sem se despedir, seguido por seu amigo reptiliano.

— O que está acontecendo aqui? — Thoran perguntou ao ver Ava chorando.

Ava levantou, enxugando as lágrimas, e lhe explicou o que havia acontecido com Tulpar. Julie puxou o cavalo alado pelo dorso, ajudando-o a ficar de pé, e Ava, ainda emocionada, o abraçou, apoiando o seu rosto no pescoço dele.

— Estou tão orgulhosa de você, Tulpar! Você foi forte e corajoso — elogiou Ava, enquanto o acariciava. — Você foi tão herói como todos os que lutaram... E, Julie, obrigada minha amiga! Sabia que você conseguiria!

Thoran sorriu e puxou Julie para perto dele. Agora, o treinamento dela estava completo... quem sabe tivessem algum tempo para se conhecer melhor. Ele sentiu-se atraído por Julie desde o primeiro momento... mas como poderia resistir agora que também a admirava tanto?

53

DE REPENTE TODOS FORAM SURPREENDIDOS POR UM ENORME clarão que tomou grande parte do céu: a nave-mãe explodia em milhões de pedaços. A cena era inebriante para todos os que se encontravam ali, não só pela beleza da explosão, mas por ela selar o sucesso da missão. Do porta-aviões, era possível ver o fogo e o clarão entre as nuvens. Os destroços da nave reptiliana caíam no oceano. Próximo à pista, caças começaram a sobrevoar, comemorando a vitória, animando muitos no porta-aviões, que gritavam, vibrando.

Por sua vez, o Capitão Thompson saiu da ilha, com um rádio na mão, e foi até o esquadrão.

— Esquadrão Alien, vocês foram incríveis!

— Foi uma honra, Capitão — Ava disse, olhando, orgulhosa, para seus aliados. — Nós não teríamos conseguido sem a ajuda de seus homens e do seu apoio.

— Agora, escutem. Acabei de receber uma ligação de Howard. Ele está muito satisfeito com a atuação de vocês e pediu para avisar que, assim que a nave-mãe explodiu, o bloqueio reptiliano caiu e a NSA 2 conseguiu contato com a Federação Intergaláctica, comunicando o ocorrido. A Federação conseguiu entrar na atmosfera da Terra e convocou uma reunião em seu Centro de Convenções, onde vocês são aguardados.

Os olhos de Ava buscaram aflitos os de Eydran, sem saber direito como reagir à possibilidade de ver seu pai.

— Acha que meu pai está lá?

— Sim, com toda certeza.

Ela ficou em silêncio, digerindo essa nova possibilidade. Depois de alguns segundos, saiu de seu devaneio e olhou carinhosamente para Tulpar, acariciando seu focinho com suavidade, e disse:

— Obrigada por tudo, meu amigo. Descanse!

O cavalo alado saiu correndo ao longo do convés de voo, cada vez pegando mais força, e, no final da pista, estendeu suas asas e voou em direção ao sul, desaparecendo entre as nuvens. No alto do porta-aviões, dragões, os indígenas sobreviventes, também sobrevoavam, mas em direção a um portal que os conduziria de volta para os arredores da Área 51.

Eydran abriu um portal que parecia uma parede de água em forma cilíndrica. Ainda não era possível saber o que havia do outro lado, mas, pela aparência, já era possível saber que se tratava de um portal de quinta dimensão. Antes de entrar, Thoran foi até Eydran e lhe devolveu o PD72.

— Eydran, isso é seu.

— Obrigado. Aliás, você foi um ótimo copiloto.

— Foi uma honra, Capitão — disse Thoran.

Antes de atravessar o portal, todos os membros do Esquadrão Alien prestaram continência ao Capitão do USS *Gerald Ford*, e o Capitão retribuiu com marcialidade. No céu, um drone ainda transmitia imagens do porta-aviões para a sala da NSA 2, onde todos também estavam comemorando, jogando papéis para o ar. Howard olhou para o presidente, orgulhoso do trabalho em equipe, satisfeito pelo maior representante dos Estados Unidos estar ali, assistindo ao esforço de todos.

— É, senhor presidente, nós vencemos!

— Sim, Howard. Todos fizeram um excelente trabalho e foi fundamental podermos contar com a ajuda do Esquadrão Alien! Prepare medalhas para seus membros. Eles merecem.

Após atravessar o portal, o esquadrão surgiu em Nova York, em frente à Estátua da Liberdade. Thoran se virou para seus amigos, olhando-os com atenção.

* * *

Havia muitos alienígenas ao redor. Todos os que estavam na quinta dimensão conseguiam enxergar os humanos de forma translúcida. Julie notou um comportamento diferente em um menino humano de uns quatro anos, que estava em pé ao lado da mãe. Ele tinha a pele morena, e seus olhos grandes estavam concentrados fixamente em Julie.

— Thoran, acho que esse menino está me enxergando, apesar de estarmos na quinta dimensão.

— Isso é um fenômeno que ocorre aleatoriamente. Não sabemos o motivo, mas algumas pessoas conseguem fazer isso.

Julie se aproximou dele e se abaixou, olhando-o bem de perto. Ela levantou uma das mãos lentamente e a criança fez o mesmo, uma indo em direção à outra, até se tocarem. Mesmo sem sentirem o toque da pele um do outro, ficaram magnetizados pela experiência.

— Como isso funciona? Ele só vê a mim? — perguntou Julie, fascinada com a experiência.

— Como eu disse, por ser um fenômeno aleatório, não tenho como ter certeza, mas parece que ele só está enxergando você.

No entanto, muito devagar, a imagem de Julie foi sumindo para o menino, até ela desaparecer por completo. Ele abaixou a mão, mas por alguns instantes ficou olhando ao redor, procurando por ela.

— Vamos, Julie — Thoran disse para ela, que se juntou ao grupo com um sorriso no rosto, ainda encantada com o que havia acontecido.

O esquadrão foi andando entre alienígenas e humanos, de forma translúcida. Caminhando ao lado de Eydran, Ava ficou impressionada ao ver tantas espécies alienígenas diferentes, chegando por diversos portais, para a convocação extraordinária da Federação Intergaláctica.

— Eydran, por que escolheram a Estátua da Liberdade para ser o Centro de Convenções da Federação na Terra? — Ava perguntou.

— Para lembrar aos seres que a Federação Intergaláctica foi fundada para garantir a liberdade de todos e para evitar que espécies ou povos mal-intencionados explorem outros mais vulneráveis.

Enquanto andavam, um portal se materializou e dele saíram três dragões vermelhos, com partes alaranjadas. Eram compridos, quase como serpentes. Quando pousaram, transformaram-se em humanoides de aparência chinesa, com túnicas vermelhas e longas, com mangas que só não cobriam as mãos. Usavam uma faixa amarela e florida ao redor da cintura, feita do mesmo tecido utilizado na barra das mangas.

Ava ficou maravilhada com os diferentes povos e espécies que cruzavam o caminho um do outro, interagindo harmoniosamente, conversando, sem se importar com as diferenças, origens, culturas. Ela sentiu muito orgulho pelo fato de a Estátua da Liberdade sediar aquele encontro, não só no contexto de segurança das nações-membros da Federação, mas também de práticas de integração sociopolíticas e culturais civilizatórias.

— Ava, você está bem? — disse Eydran.

Naquele momento, a sua mente estava bem distante. Ao mesmo tempo em que via seres tão diferentes, unidos, lembrava-se das inúmeras mortes que presenciara.

— Eu entendo você, mas não se esqueça de uma coisa: lutamos para defender a humanidade e todos os que vivem aqui — Eydran observou.

— Não fomos nós que arrumamos essa confusão. Viver em paz requer que todos os povos respeitem e sigam leis comuns. Para podermos defender o direito de cada um, ou de cada povo, também é necessário cumprirmos com deveres. E esta é justamente a missão da Federação Intergaláctica: garantir os direitos dos povos, das nações, das espécies, aqui na Terra e fora dela, para que todos possam viver em paz, cada qual do seu jeito, sem interferir na paz do outro. Como você sabe, não exterminamos o povo reptiliano. Apenas os que quiseram guerra, Ava! Agora vamos! Temos que ir andando.

Ao ver a base da estátua se desmaterializar e se tornar translúcida, Eydran mostrou a passagem a Ava e disse que podiam chegar ao subsolo por lá.

No final da escadaria, havia um salão imenso, suntuoso, onde uma pleiadiana os aguardava. Ava demorou para notá-la, de tão admirada com tudo ao redor, sentindo-se dentro de um castelo subterrâneo, com uma decoração predominantemente branca, rica em detalhes vermelhos e dourados.

— Bem-vindo, Esquadrão Alien. Parabéns pelo brilhante e bem-sucedido resultado da missão!

— Obrigado, Saluza! — disse Eydran, despertando Ava de um quase transe.

— Queiram me acompanhar, por favor.

Seguindo por um corredor à direita, Saluza os conduziu a uma sala.

— Fiquem à vontade, podem se sentar — disse. E eles ocuparam os sofás dispostos em semicírculo.

— Ok, aguardem aqui, por favor — Saluza disse e saiu da sala por uma porta.

— Eydran, será que o meu pai está naquela sala?

— Sim.

— Podem entrar.

Todos se levantaram, exceto Ava, que, atônita, não sabia como reagir à presença do pai e à possibilidade de vê-lo em carne e osso.

Não sabia o que esperar.

Encontraria Ashtar Sheran ou Adam Campbell?

Seus pensamentos foram interrompidos por Eydran, que a puxou, levantando-a pela mão.

— Sinto que você está muito ansiosa — disse ele, demonstrando que reconhecia e compreendia o estado de espírito de Ava. — Você sempre quis ter um pai, sempre quis conhecer o seu pai, ainda mais depois que descobriu que ele está vivo e soube quem ele realmente é.

— Sei lá, isso não faz muito sentido, mas eu estou muito insegura. Vai que eu não sou tudo o que ele está imaginando! Vai que ele não gosta de mim.

— Isso é impossível. Você é incrível, não tem quem não goste de você! Vamos lá, não se preocupe, confie em mim.

Ava sentiu a voz de Eydran aquecendo o seu coração, convencendo-a a caminhar em direção à porta, que parecia muito mais distante do que realmente era.

Quantas vezes ficara imaginando o pai pegando-a no colo, dando-lhe abraços fortes, jogando-a para o alto e lhe dizendo que nunca mais ia sumir...

Ava passou pela porta com as pernas trêmulas e estacou, pois imediatamente reconheceu o pai, um humanoide alto e esbelto, de pele muito branca e cabelos loiros, que, percebendo que as pernas da filha simplesmente se recusavam a leva-la até ele, se levantou e foi em sua direção. Uma onda de tristeza e de emoções confusas subiu pela garganta de Ava. Sua respiração ficou mais curta, seus lábios tremeram, anunciando — prevendo — suas lágrimas. As gotas de desabafo foram escorrendo pelo rosto, libertando anos de angústia, saudade, curiosidade e anseio pela presença do pai.

Quando finalmente ficaram frente a frente, os braços fortes dele a envolveram, apertando-a contra seu peito. Ela sentiu o coração paterno batendo rápido, percebeu que certamente ele também estava nervoso, com saudades, e curioso para conhecê-la. Provavelmente ele estava tão inseguro quanto ela. Ter se dado conta de que aquele homem importante, um general e Comandante Supremo da Federação Intergaláctica, um pleiadiano respeitado, que comandava grandes missões, não tinha um coração gélido fez com que Ava conseguisse recobrar as forças. O abraço caloroso do pai agiu como um bálsamo, curando, pouco a pouco, as feridas do seu coração e os braços de Ava lentamente subiram e ela finalmente pode fazer o que sonhara por muitos anos: o abraçou com força.

54

ASHTAR FITOU AVA COM UM OLHAR DOCE.

— Minha filha, me perdoe pela ausência por todos esses anos.

— Por anos a fio, senti muita falta de um pai e de uma mãe — Ava lamentou. Sua voz estava trêmula. — Minha tia Lya fazia o que podia para suprir a ausência de vocês, mas Eydran me explicou muita coisa, me contou os motivos da sua ausência... — O tom de Ava era terno, mas revelava sutilmente uma pontinha de dor.

— Você é bem mais forte do que eu esperava! — orgulhou-se Ashtar. — E, pelo que estou vendo, muito parecida com sua mãe. Estou muito orgulhoso de você, Ava. Nem pode imaginar. E, além de tudo, você ficou tão linda!

— Eu queria ter seus olhos.

— Você tem. Seus olhos esverdeados carregam a mistura dos meus olhos com os da sua mãe. — Ele disse e riu. — Você é tão parecida com ela.

— Fiquei com medo de você não me aceitar por eu ser tão diferente dos pleiadianos, por não ter a mesma cor de pele, o mesmo toque frio e os cabelos loiros...

Lya entrou na sala.

— Que tolice, Ava! — opinou a tia de um jeito um tanto abrupto. — Era exatamente isso que ele mais apreciava em você quando era pequena. Adorava sentir o calor da sua pele enquanto você dormia. Passava horas acariciando seus cabelos escuros e finos.

— Tia? Que surpresa! Não esperava encontrar você aqui!

— Eu vim dar os parabéns para minha amada sobrinha por evitar a destruição da Terra.

— Tia, parece que não adiantou você esconder tudo de mim durante todo esse tempo, não é? — alfinetou Ava, e Lya sorriu.

— Com toda certeza, Lya, a Ava tem razão. Aliás Ava, você poderia ter nascido de qualquer cor, azul, verde, vermelha. Eu amaria você de qualquer jeito. E, por favor, nunca mais se sinta mal por ser diferente dos padrões pleiadianos. Em Plêiades, não existe qualquer tipo de discriminação. O que importa é você se sentir autêntica. Até porque, se alguém não conseguir enxergar e entender a sua beleza, é porque não está preparado para ela e, nesse caso, você não deve se importar. — Ashtar respirou fundo, observando Ava com prazer, orgulhoso dela. — Na verdade, você é o que realmente acredita ser, então seja confiante e ame cada parte de si mesma, tenha orgulho de ser quem é. Absolutamente tudo em você é parte de uma encantadora garota, que, juntamente com sua mãe, despertaram em mim os mais belos sentimentos, me fazendo perceber a importância crucial das emoções e do amor.

— Fico aliviada por ouvir isso de você, pai, porque a ideia de que sentimentos individuais não são importantes não me entra na cabeça.

Lya acariciou o cabelo de Ava com afeto, depois tranquilizou a jovem em relação às famílias de seus amigos, dizendo que já havia contado aos pais de Julie e aos de Rezende o que havia acontecido e porque eles haviam desaparecido. Ela acrescentou que todos estavam orgulhosos das realizações deles e garantiram guardar segredo sobre tudo. Disse, ainda, que conversara com o pai de Alex e contara o ato de bravura do filho, considerado um herói.

— Nós também estamos muito orgulhosos de você, Ava — concluiu Lya. — E eu acho que você não precisa mais de mim, querida. Penso que você já fez a sua escolha, então estou voltando com o seu pai para Plêiades. Sinto falta do meu povo, mesmo agora eu sendo meio diferente deles, um tanto emotiva além da conta — Lya disse e riu. — Não foi só em seu pai que sua mãe despertou sentimentos. Minha amizade com Grace também me fez muito bem. Eu sei que, depois de tanto tempo, eu vou estranhar um pouco Plêiades, mas preciso ir. Na verdade, desejo ir. Afinal, é a minha terra. Agora que você já está pronta para seguir o seu destino, me sinto tranquila para voltar.

— Para ser sincera, tia, não sei o que posso dizer do meu destino e da minha escolha. Talvez não seja realmente uma questão de escolha, porque sinto que pertenço a dois mundos. Sou pleiadiana, mas também humana. Por enquanto, acho que vou ficar por aqui. A Terra precisa de mim. Eu sei que haverá outros ataques e quero estar aqui para o que precisarem. Depois de tudo o que aconteceu, cheguei à conclusão de que o meu papel nessa luta foi importante, então, passei a me sentir responsável pela segurança de um dos meus mundos. Aliás, acho que todos nós do Esquadrão Alien vamos ficar aqui para proteger a Terra, certo, Eydran?

Eydran e Ashtar sorriram e se olharam, e ficou óbvio que Ashtar já havia pedido a Eydran que ficasse para acompanhar e proteger a filha, por onde quer que fosse, apesar de que, naquela altura, ela certamente não precisava mais de proteção.

— Minha filha, eu estou muito orgulhoso da sua decisão. Tenho certeza de que sua mãe também estaria. Vou continuar sentindo saudades de você, mas, agora que você sabe de tudo, vai poder me visitar em Plêiades.

— Claro que sim, pai. Quero muito conhecer o seu... quer dizer, o nosso planeta.

Saluza entrou na sala novamente.

— General, o senhor está sendo aguardado no auditório. Está tudo pronto.

— Obrigado, já estamos indo. Vocês serão apresentados oficialmente como o Esquadrão Alien, um esquadrão vinculado diretamente à Federação, que poderá ser requisitado também pela NSA 2 e pelo presidente dos Estados Unidos. Esquadrão, venha comigo. Lya...

— Sim, também vou, mas vou me sentar na plateia, na primeira fileira.

— Ok.

Seguindo Ashtar, Ava e seus amigos chegaram ao palco e, para surpresa deles, o pai de Alex estava lá. Ainda perplexo com tudo, quase não tirava os olhos dos vários alienígenas que ocupavam a plateia. Estava emocionado e orgulhoso do filho, apesar dos seus olhos ainda carregarem a dor da perda. Em um breve discurso em inglês, Ashtar informou aos presentes sobre a catástrofe que havia sido evitada. Relatou que os membros do Esquadrão Alien haviam enfrentado os inimigos com bravura e ressaltou a coragem de Alex, que dera a vida para salvar os amigos.

Os olhos de Ava brilhavam de emoção, por estar vivenciando aquilo tudo. Ela ouvia as palavras de seu pai, como se estivesse em um sonho bom.

— E pelo ato de coragem — Ashtar continuou —, o Esquadrão Alien receberá, das mãos do presidente dos Estados Unidos da América, a Medalha de Honra, sua mais alta condecoração militar. Por favor, senhor presidente, queira se apresentar.

Todos se levantaram e aplaudiram quando o presidente dos Estados Unidos, sentado na primeira fileira, subiu ao palco. Os aplausos, porém, cessaram assim que ele recebeu um microfone.

— Podem se sentar — disse o presidente, e a plateia sentou. — Hoje, através de imagens captadas por drones, assisti a toda a batalha que esses jovens guerreiros travaram, com muita garra e determinação. É uma honra conceder pessoalmente aos membros do Esquadrão Alien a mais alta condecoração militar americana. Portanto, em nome do Congresso dos Estados Unidos da América, agradeço ao Esquadrão Alien pelos seus atos de honra, bravura e coragem, por terem se engajado completamente, arriscando suas vidas em ação contra inimigos dos Estados Unidos.

Assim, os membros do Esquadrão Alien receberam suas primeiras medalhas, o pai de Alex recebeu a do filho e se distanciou do esquadrão, conforme orientação do cerimonial. Todos do esquadrão se emocionaram junto com ele, e lembraram do amigo com carinho.

Em seguida, Ashtar retomou a palavra.

— Diante de várias Nações Federadas, oficializo o Esquadrão Alien. A partir de hoje, vocês estão autorizados a atuar como Esquadrão da Federação Intergaláctica.

— Que a luz de Alcyone brilhe em vocês.

Os membros do esquadrão também levantaram uma das mãos na altura dos ombros e responderam juntos.

— Eu recebo a luz, Azoray!

Uma efusão de sorrisos carregados de grande esperança tomou conta do salão... e os aplausos levaram muitos minutos, e parecia que ninguém estava disposto a encerrar a homenagem.

EPÍLOGO

ELES ATRAVESSARAM O PORTAL E SURGIRAM EM UM LOCAL remoto, às margens da Rota 66 na Califórnia, diante de um estabelecimento com uma placa enferrujada e quase ilegível de aluguel de motos. Ao lado da placa, um homem com um palito na boca estava sentado em uma cadeira pequena demais para o seu peso, observando o pôr do sol. Ele olhou para o pleiadiano e, em seguida, para Ava e seus amigos. Não havia qualquer espanto na sua expressão ao ver aquelas pessoas surgirem em pleno ar.

— O de sempre, Eydran? — perguntou ele, deixando claro que já o conhecia.

— Sim, o de sempre, mas vou querer cinco desta vez.

O homem retirou do bolso várias chaves e separou cinco, entregando-as, uma a uma, nas mãos de cada membro do Esquadrão.

— Cinco Harley Davidsons. Os chaveiros têm os números das placas.

Quando o homem entregou as chaves nas mãos de Julie, parou por um momento e elogiou.

— Belas orelhas.

Ela tentou esconder as orelhas debaixo dos cabelos.

— Tudo bem, mocinha, já estou acostumado, este local foi criado pela Federação para servir à NSA 2. Se eu lhe contasse sobre os seres que já passaram por aqui, você não acreditaria.

Julie sorriu, ficando mais à vontade, depois eles montaram nas motos e seguiram pela Rota 66. Exceto Eydran, que foi até Ava e recolocou o apoio da sua moto com o pé.

— O que você está fazendo?

Ele a tirou da moto.

— Só ficando um tempinho a sós com você, eu acho que merecemos.

Ava sorriu, se apoiando em sua Harley, que vibrava com o motor ligado.

— Ava, pensei que, com o tempo, você entenderia que os sentimentos mais pessoais, que eu achava muito frágeis nos humanos, iriam sumir em você, conforme você amadurecesse, mas acabei me dando conta de que você é quem está me transformando. Confesso que, com você, comecei a experimentar sentimentos completamente novos na minha vida e estou aprendendo a lidar com eles.

Ava pensou em responder com uma brincadeira para deixá-lo mais à vontade, mas apenas sorriu.

Quem aguenta aquele lenga-lenga chato e sem emoção, frio?

— Não consigo entender, ainda, como comecei a ignorar os ensinamentos pleiadianos e muito menos o que sinto por você.

— E eu, por você? — Ava riu e jogou a cabeça para trás. — Te achava tão, mas tão irritante, e isso era confuso porque também comecei a gostar de você.

— Eu também não era muito seu fã, confesso. — Sorriu um pouco mais aberto, como se estivesse menos preso. — Mas estou a fim de arriscar. Espero que você também, Ava.

Eydran entreabriu os lábios, indo na direção dela, e mordiscou seu lábio inferior, guardando na memória os traços do desejo que desabrochava no rosto de Ava. Atendendo ao pedido silencioso, ela entreabriu os lábios, saboreando os sentimentos que ele deixava escapar.

— O que você sente? Eu quero ouvir — ela sussurrou, emocionada.

— Você já ouviu falar nas estrelas binárias? — Eydran perguntou. — Elas nascem juntas, unidas pela gravidade recíproca. Nada pode separá-las. É como eu me sinto com você. Eu quero estar perto de você. Já me peguei procurando o seu olhar, quando não está na minha direção. Ainda não entendo como essa coisa funciona. Mas vou adorar descobrir — Eydran disse, acariciando o rosto dela, com uma das mãos.

— Isso não assusta você?

— Talvez. Mas estar com você é bom. No momento prefiro ignorar qualquer ensinamento pleiadiano que condene o que estou sentindo.

Debaixo dos suaves toques de Eydran, Ava foi sentindo sua alma encontrando morada nos olhos dele, não mais tão frios, não mais tão vazios. Seus sentidos iam se movendo para ele, se teletransportando para uma galáxia só deles, em um encaixe perfeito. Finalmente eles tinham um tempo de paz para interpretar os picos de emoções que um provocava no outro.

Eydran foi preenchendo a boca de Ava com um beijo apaixonado. Ainda não era capaz de entender, reconhecer as notas do seu próprio coração, mas Ava conseguia ouvir sua tímida melodia. Eydran estava começando a se permitir, a experimentar seu querer se espalhando nela, em um ritmo acelerado, encaixado no de Ava. As mãos de Eydran queriam envolvê-la por completo, se unindo a ela em um acordo secreto, em um desejo mútuo.

Ele puxou Ava para mais perto. A respiração oscilou, acendendo as milhões de estrelas em sua alma. Ava queria decorar as sensações que afloravam agora, entregue aos beijos dele, aos seus abraços, aos sentimentos que floresciam nos braços do seu alienígena particular.

Os lábios dela iam contra os dele, bebendo o sabor dos sentimentos que começavam a brotar em Eydran. Aos poucos, eles foram desacelerando, então ele descansou seus lábios nos dela, selando, com beijos, a sua boca.

— Queria ficar mais, Ava, mas temos que ir. — Apontou para a estrada com a cabeça. — Eles devem estar longe agora.

— É. Eu sei.

Ambos subiram em suas motos e seguiram pela Rota 66 até alcançar seus amigos. O sol estava se pondo entre as montanhas esparsas no horizonte, enquanto a pouca vegetação, que beirava a pista vazia, aparecia e desaparecia, à medida que avançavam sem destino.

As Harleys cortavam o vento e deslizavam com velocidade sobre a pista, trazendo uma deliciosa sensação de liberdade a todos, depois de tudo pelo que haviam passado. Eydran ultrapassou os amigos e, cerca de cinquenta metros à frente deles, tirou a mão esquerda do guidom e apontou para o centro da estrada. Um portal surgiu, fazendo a imagem da rodovia assumir uma forma distorcida, e eles o atravessaram.

Durante a travessia, luzes multicoloridas passavam em alta velocidade por eles, como se estivessem em um túnel. Não se ouvia mais o som das motos e eles enxergavam a imagem um do outro distorcida. De repente, surgiram no Aeroporto de Denver, e viram, bem diante deles, a estátua que representava o deus egípcio Anúbis.

Eydran fitou a imagem e depois olhou compenetrado para os companheiros. Ele parou sua moto, e os outros fizeram o mesmo, reunindo-se ao seu redor.

— Agora, vou contar a vocês a verdadeira história do Aeroporto Internacional de Denver.

Os últimos raios de sol já se escondiam na tênue união do céu com a terra, deixando escapar um tímido tom alaranjado ao fundo. Ava ficou pensando sobre quais segredos alienígenas estariam encobertos nas construções do enigmático aeroporto.

Depois, olhou para os amigos e para Eydran.

Droga.

Não é que tinha se apaixonado mesmo pelo Capitão frio e calculista?

Ouvindo seus pensamentos, riu.

Tinha que parar de falar de Eydran assim.

Mas agora, não.

Agora queria se divertir e rir com ele, que estava recomeçando a vida com Ava na Terra.

FIM

SWIOY, AYARA, ENTENERE

AZORAY